三千年前那朵静夜的莲开

《诗经》风雅

白落梅 作品

湖南文艺出版社
HUNAN LITERATURE AND ART PUBLISHING HOUSE

博集天卷
CS-BOOKY

图书在版编目（CIP）数据

三千年前那朵静夜的莲开 / 白落梅著. —长沙：湖南文艺出版社，2020.5

ISBN 978-7-5404-8454-5

Ⅰ.①三… Ⅱ.①白… Ⅲ.①《诗经》—诗歌欣赏

Ⅳ.①I207.222

中国版本图书馆 CIP 数据核字（2020）第 033341 号

上架建议：畅销书·文学

SANQIAN NIAN QIAN NA DUO JINGYE DE LIAN KAI
三千年前那朵静夜的莲开

作　　者：白落梅
出 版 人：曾赛丰
责任编辑：丁丽丹
监　　制：刘　毅
策划编辑：刘　毅
文字编辑：陈文彬
营销编辑：刘晓晨　刘　迪　段海洋
封面设计：末末美书
版式设计：李　洁
内文排版：麦莫瑞
出　　版：湖南文艺出版社
　　　　　（长沙市雨花区东二环一段 508 号　邮编：410014）
网　　址：www.hnwy.net
印　　刷：北京天宇万达印刷有限公司
经　　销：新华书店
开　　本：875mm×1270mm　1/32
字　　数：209 千字
印　　张：9.5
版　　次：2020 年 5 月第 1 版
印　　次：2020 年 5 月第 1 次印刷
书　　号：ISBN 978-7-5404-8454-5
定　　价：58.00 元

若有质量问题，请致电质量监督电话：010-59096394
团购电话：010-59320018

魏晋之风的琴曲，空灵中有一种疏朗，又有几分哀怨，如冬日窗外的细雨，清澄而寒冷，直抵窗前，落于柔软的心中。

这样的雨日，须隔离了行客，掩门清修，亦不要有知心人。一个人，于静室内，焚一炉香，沏一壶茶，消减杂念。

《维摩诘经》云："一切法生灭不住，如幻如电，诸法不相待，乃至一念不住；诸法皆妄见，如梦如焰，如水中月，如镜中像，以妄想生。"

　　佛只是教人放下，不生妄想执念。却不知，世间烦恼恰若江南绵密的雨，滴落不止。该是有多少修为，方能无视成败劫毁，看淡荣辱悲喜。那些潇洒之言、空空之语，也不过是历经沧桑之后，转而生出的静意，不必羡慕。

　　我读唐诗觉旷逸，读宋词觉清扬，看众生于世上各有风采。诗词的美妙，如丝竹之音，又如高山江河，温润流转，有慷慨之势，让人与世相忘，草木瓦砾也是言语，亭阁飞檐也见韵致。

　　想来这一切皆因有情，如同看一出戏，本是茶余饭后消遣之事，可台下的人，入戏太深，竟个个流泪。然世事人情薄浅如尘，擦去便没了痕迹。他们宁愿在别人的故事里，真实地感动，于自己的岁月中，虚幻地活着。

　　佛经里说缘起缘灭，荒了情意，让人无求无争。诗词里说白首不离，移了心性，令人可生可死。那么多词句，虽是草草写就，却终究百转千回，似秋霜浓雾，迟迟不散。

　　翻读当年的文字，如墙角未曾绽放的兰芽，似柴门欲开的梅蕊。那般青涩，不经风尘世味，但始终保持一种新意。远观很美，近赏则有雕琢之痕，不够清澈简净。

后来，才学会删繁就简，去浓存淡。知世事山河，不必物物正经，亦难以至善至美。好花不可赏遍，文字不能诉尽，而情意也不可用尽。日子水远山长，自是晴雨交织，苦乐相随。若遇有缘人，樵夫可为友，村妇可作朋，无须刻意安排，但得自然清趣。

琴音瑟瑟，一声声，似在拨弄心弦。几千年前，伯牙奏曲，那弦琴该是触动了钟子期的心，故而有高山流水觅知音的可贵。而文字之妙意，与弦音相同，都是一段心事，几多风景，等候相逢，期待相知。

柳永有词："风流事、平生畅。青春都一饷。忍把浮名，换了浅斟低唱。"他的词，贵在情真，妙在那种落拓之后的洒脱。世上名利功贵纵有千般好，也只是浮烟，你执着即已败了。又或许，人生要从浮沉起落里走出来，才能真的清醒，从容放下。

都说写者有情，读者亦有心。不同之人，历不同的世情，即使读相同的文字，也有不同的感触。有些人，一两句就读到心里去了；有些人，万语千言，亦打动不了其心。

也许，那时的我，恰好与此时的你，心意相通。也许，这时的你，凑巧与彼时的我，灵魂相知。也许，你我缘深，可同看花开花落。也许，你我缘薄，此一生都不会有任何交集。

人间万事，都有机缘。我愿一生清好，在珠帘风影下写几行小字寄心，于廊下堂前煮一壶闲茶待客，不去伤害生灵，也不纠缠于情感，无论晴天雨日，都一样心境，悲还有喜，散还有聚。

当下我拥有的，是清福，还是忧患，亦不去在意，不过是凡人的日子，真实则安好。此生最怕的，是如社燕那般飘荡，行踪难定。唯盼人世深稳，日闲月静，任外面的世界风云变幻，终将是地老天荒。

过日子原该是糊涂的，如此才没有惆怅和遗憾。天下大事，风流人物，乃至王朝的更迭，哪一件不是糊涂地过去？连同光阴时令，山川草木，也不必恩怨分明。糊涂让人另有一种明净豁然，凡事不肯再去相争，纵岁月流淌，仍是静静的，安定不惊。

流年似水，又怎么会一直是三月桃花，韶华胜极？几番峰回路转，今时的我，已是初夏的新荷，或是清秋兰草，心事与从前自是两样。所幸，我始终不曾风华绝代，依旧是谦卑平淡之人。

女子的端正柔顺、通达清丽，让人敬重爱惜。我愿文字落凡尘，亦有一种简约的觉醒，不去感怀太多的世态炎凉。愿人如花草，无论身处何境，都不悲惋哀叹。人世不过经几次风浪，寻常的日子，到底质朴清淡，无碍无忧。

人生得意，盛极一时，所期的还是现世的清静安稳。想当年，母亲亦为佳人，村落里的好山好水，皆不及她的清丽风致；如今却像一株草木，凋落枯萎，又似西风下的那缕斜阳，禁不起消磨。

看尽了人间风景，不知光阴能值几何，如今却晓得珍惜。世上的浮名华贵，纵得到，有一天也要归还，莫如少费些心思。不管经多少动乱，我笔下的文字，乃至世事山河，始终如雪后春阳，简洁安然，寂然无声。

光影洒落，袅袅的茶烟，是山川草木的神韵。我坐于闲窗下，翻读经年的旧文辞章，低眉浅笑，几许清婉，十分安详。

白落梅

目录

　　想来，我喜爱的，仍是宋朝的光阴。那里，江山迤逦，秀美风日子简约如茶，沉浮只是一种姿态，浓淡亦是寻常。在这熙攘来往的人间，看似繁盛又无依的万物，实则各有所求，各有所寄。过往的人事，随着斜阳庭院，消失在行走的风景里。

　　三千年前的窈窕淑女，还在河畔采着荇菜，那相求的君子，依旧为她魂牵梦萦，寝食难安。三千年前的蒹葭，依旧苍苍；三千年前的伊人，仍自在水一方。三千年前的桃花，循着时令开落，不与人言。三千年前的时光，在漫漫风尘中，悠悠荡荡地过去了。

孔子说:"诗,可以兴,可以观,可以群,可以怨。"诗,可抒情志,观世情,通人心,亦可怨刺上政。诗,可兴日月山川,可观岁月山河,可抒世情民风,可寄离合爱怨。

诗是每个时代的风景,是灵魂,也是宿命。诗,如檐角寂寂的风,似炉烟漫漫,是深情的岁月,亦为清凉的光阴。

《诗经》的珍贵,贵在民风俭约朴素,词句静美清扬。本是寻常人世,男女耕作,平畴田畈,溪山竹影,竟有那样美妙的风光。柴门菊院,炊烟庭前,不过是耕夫樵子,浣女凡妇,过着平实恬淡的日子,任凭岁序流转,仍旧怡然自安。

有时想着,每个朝代,都那样走上一遭,只做陌上客,不痴迷不停留。或姹紫嫣红,或风姿万千,又或平凡谦逊,安静如水。不与谁发生故事,更不纠缠任何的情感,不招惹微风细雨,乃至草木山石,亦不沾染。像尘埃那般淡淡来去,不可相见,无有影踪。

时光深邃且遥远,记忆悲伤又温柔。晨起,于小园摘山栀子簪头,携一束野菊插瓶,采荷花制茶。万物有灵,皆因人多情。读经写句,捞萍栽竹,可回诗经年代,可至魏晋星空,可观唐宋云烟,可赏明清风光。但也仅仅只是路过,无名利交织,亦无侠骨柔情。

　　我本不爱读《诗经》，觉先秦民风与我隔了迢遥岁月，不可企及。《诗经》说的是兴，而我心事清淡，远避尘嚣，不喜外界风云，亦不关人世消长。后读唐诗宋词，又觉字句深藏华丽，虽雅致清新，却不如《诗经》那般朴素天然，纯净留白。原来简单的物事，更是清扬婉转，也更能打动人心。

　　几千年光阴游走，江山变迁，世事沧桑，那些写诗的人，耕织的人，安居的人，以及放逐的人，早已幻作烟尘。曾经有过的情缘，许过的誓约，似流水春风，杳无痕迹。千万年的时光，一切都在消散，唯明月不改前身，但也只是简单的存在，与人相亲，又与人相离。

　　那些古老的先民，在属于自己的年代寂静生活，和草木相依，与鸟兽做伴，不曾期待在未知的将来，被谁恍惚记起。一如此刻的你我，过着平淡又繁复的日子，甘守寂寞。是萍草，是浮云，薄弱而坚定，从无处安放，到无所畏惧。

　　我们从未走近，亦未远离。后来，许多人在一些熟悉的景致里，有了似曾相识之感。或喟叹“春日迟迟，采蘩祁祁”，或爱慕“有美一人，清扬婉兮”，或称羡“琴瑟在御，莫不静好”。只是，我们有了更多张扬的色彩、浓郁的世味，再也回不到《诗经》

的古老纯粹。

在天边，人世经年，万物因为距离有了美感。都说岁月薄情，可是人又何曾善待过岁月？我们行走过的山水，经历的故事，是好是坏，或喜或悲，缘于自己。你说，你想回到从前，却不知，当下亦会是从前。而将来，竟无法预料在哪一天。

物转星移，变了的是诗心画意，不变的是春种秋藏。每个朝代，都有其自身的风骨，恰如每首诗，皆留下心情的痕迹。岁月无心，走过喧闹的凡尘，终有掩饰不住的忧伤。我看先人，或清澈质朴，或高才雅量，又或浩然清心，自觉卑微如草芥，天地渺渺，竟无处藏身。

人生乐事几何？清代郑板桥曾有过这样的描述："茅屋一间，新篁数竿，雪白纸窗，微浸绿色。此时独坐其中，一盏雨前茶，一方端砚石，一张宣州纸，几笔折枝花。朋友来至，风声竹响，愈喧愈静。"

我自不及古人韵致，亦无多深意。平生志向薄弱，名利疏淡，喜乐简单，有时愿煮一茶，守一人，直至天荒。我怎不知，千古江山，贤君名相，英雄美人，最后皆付荒草枯杨。你看，村落田畴，瓦屋深巷，早不见，那时旧主。

但凡简洁的物事，恰若平淡的光阴，经久不息。如若《诗经》添了魏晋之风，唐宋之韵，江河之丽，便不再纯粹。《诗经》的留白，贵在天然，不刻意，无雕琢。恰如几千年前的人心，未曾经染过多的世事，亦不解凡间的风雨猜疑。与他们相守的，是不知疲倦的四季，是漫山遍野的草木，是流转不安的时光。

庄子云："人生天地之间，若白驹之过隙，忽然而已。"人世风景悠悠，自是无尽，纵算看透，亦只是一时。万物井然有序，也苍茫无依，有如先人，藏于历史深处，各有故事，又共过一片云天，不分彼此。

小楼秋窗，心事如水。也曾有过繁华，被千万人记住，后又被悄然遗忘，如那庭园的花木，刹那美丽，不复存在。红尘寂寞，深深如雪，我们有的，只是当下，走过，或者走不过，都是一生。

月圆有诗，月缺有画。也许，这喧哗又薄凉的世间，从来不缺美好。每个人都是可有可无的尘埃，无谓往来，任意西东。所有的名利情爱，浓时如酒，淡时若风，但终是要过去。认真则伤，有遗憾，也未尝不好。

多想做诗卷里的人物，于岁月长廊，自在穿梭，无忧无惧。万般物事，到底虚无，汉唐之风，也如三春之景，被流年湮没，残存的，只是一点点记忆。数千年的光阴，写成了几册长卷，亦真亦幻，又何须在意。

多少故事，做了渔樵闲话，任他人笑谈。而我们，只是明月清风的过客，捧一本《诗经》，于廊下细读，些许朦胧，些许懂得。

你看，那清秋的黄花，一簇一簇，开满了阡陌。万事早有安排，所有的缘分，都无须执着，放下便是洒脱。

白落梅

卷一◎关关雎鸠，在河之洲
窈窕淑女，君子好逑

—三千年前那朵静夜的莲开—

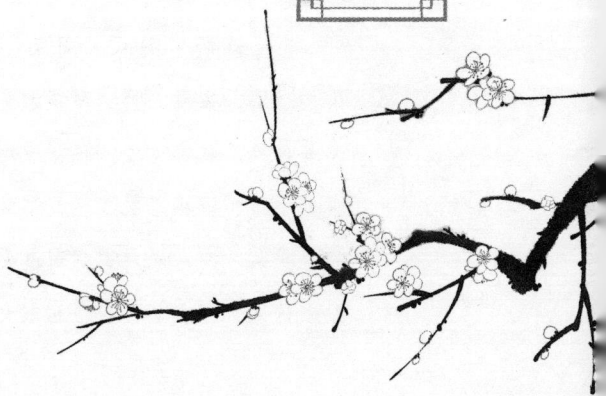

窈窕淑女，君子好逑

《诗经·国风·周南·关雎》

关关雎鸠，在河之洲。窈窕淑女，君子好逑。

参差荇菜，左右流之。窈窕淑女，寤寐求之。

求之不得，寤寐思服。悠哉悠哉，辗转反侧。

参差荇菜，左右采之。窈窕淑女，琴瑟友之。

参差荇菜，左右芼之。窈窕淑女，钟鼓乐之。

早春的江南，烟雾氤氲，花事烂漫，凉风中飘散着久违的清新与温柔。庭园水木清华，花影荡漾，简约闲远。

一夜的雨，清冽而深邃，梦里辗转千年，一如水月镜花，缥

缈难寻。醒来光阴依旧，不过是守着平淡的日子，烧饭煮茶，别
无他事。

三千年前，时光一如当下，古老逶迤的岁月，荒凉而美好。
日月阴晴，草木枯荣，人事离合，皆是哀乐相同。三千年间，光
影交织，物换星移，从古朴苍茫到烟柳繁华，从河山静默到风起
云涌。多少杀伐战乱，多少灾难劫数，像一场浩荡的风，行经无
数朝代，毫无遮拦。

诗歌，这简单婉转的词句，平平仄仄的韵脚，却如雨后新
笋，明净清雅，妙韵天然。人生诸多不如意，因有了这美妙的言
语，到底简洁如画，生出喜气。

其实，我愿在人世，如旧时宅院的燕子，清好安稳，寂寂不
争。或是回归三千年前，在关关雎鸠的水岸，采着荇菜，等候打
春风陌上经过的良人。或游走在某个不知名的朝代，做一平凡农
女，倚着柴门，看尽人间四月的芳菲。又或安然于当下，于庭前
花间，煮一壶清茶，漫品一个人的细水长流。

《诗经》为中国古代诗歌的开端，承载着古老的记忆。其内
容丰富多姿，无虚妄怪诞，真实易懂。所描述的是周代社会生活

的风俗民情，以及礼乐文化。有婚姻爱情、祭祀宴饮、寻常农事、时政世风、战争徭役，乃至天象地貌、山川河流、草木虫兽。或简单留白，或曼妙多情，婉转旖旎。

"饥者歌其食，劳者歌其事。"在那个古老荒蛮的岁月，百姓凡人亦需要用诗歌做出深情的表白。日出而作，日落而息，生活俭约朴素，无所依求。晚风斜阳，流水汤汤，那时的茅檐闾巷，炊烟人家，自有一种安稳和远意。

孔子言："《诗》三百，一言以蔽之，曰'思无邪'。"又说："诗，可以兴，可以观，可以群，可以怨。"《诗经》分为《风》《雅》《颂》。风者，闾巷之情诗；雅者，朝廷之乐歌；颂者，宗庙之乐歌也。

《诗经》以《国风》居首，又以《关雎》为首篇，当有其深意。世间一切美好，一切修行，皆以男女情爱，夫妇之德为起始。天地万物，春耕秋收，量晴校雨，万户人家，尽在日月山川里。人世多少聚散悲欢，莫过于平凡的夫妻，寻常的两人。

《关雎》一篇，谓之"乐而不淫，哀而不伤"。民间世界，如春风亭园，敞阔无际，山长水远，无爱恨离愁，无忧烦执念，守着一茶一饭的日子，连相逢都是美的。

"关关雎鸠，在河之洲。窈窕淑女，君子好逑。参差荇菜，左右流之。窈窕淑女，寤寐求之。"关关和鸣的雎鸠，相伴于水岸，那美丽贤淑的女子，是君子心中所求的伴侣。参差错落的荇菜，左右打捞，这美丽娴雅的女子，让人梦里梦外都想追求。

"求之不得，寤寐思服。悠哉悠哉，辗转反侧。"求之不得，便是日夜想念，悠长难耐的相思，令人辗转不眠，心神难安。

"参差荇菜，左右采之。窈窕淑女，琴瑟友之。参差荇菜，左右芼之。窈窕淑女，钟鼓乐之。"这美丽贤淑的女子，辛勤地采着荇菜，一个低眉，一个回眸，都让人魂牵梦萦。他不由得以琴瑟和钟鼓取悦于她，使其芳心萌动。

这首诗写的是一位年轻男子于河畔遇见一采摘荇菜的女子，为其窈窕风姿、勤劳娴雅而心动。只是这短暂的邂逅，令其生出爱慕之情，梦里对之缠绵不尽。从"寤寐求之"到"求之不得",再到之后的"琴瑟友之""钟鼓乐之",亦算是华枝春满,花好月圆。

从相遇的思慕,到追求的愁闷,再到相伴的欢喜,仿佛只是一个春天的时间。从此,他的屋檐下便多了这样一个女子,为他煮饭烧茶,穿针引线,与之暮暮朝朝,水远山长。

那时的窈窕淑女,不过是一寻常农女,无妖娆风姿,也不烟视媚行。只因正当妙年芳华,如春水新荷,连采摘荇菜也曼妙动人,温柔有情。而那时的君子,或是某个贵族青年,又或是茅檐柴门的凡夫,但他少年心事,自是见花生情,闻风相悦。

人生最美的莫过于和有情人相遇、相爱、相守,于千万年的千万人之中,有一个人属于自己。万物皆有机缘,或父母与子女,或高山流水的知己,又或人间平凡的夫妻。每一桩情缘,皆如三春花事,庄严安稳,又终有尽时。

男儿大志,若日月山川,江河大地,壮阔而高远。女子大志,如溪水桃花,日色竹影,但求人事静好。初见时的顾盼悠悠,情意绵绵,后来随了平淡的流年,不再新奇,一切如常。

世间寻常夫妻，未必有多恩爱，却又是那般不可分离。同一个檐下，他执笔山河，她打理厅堂，他风度翩翩，她温情脉脉。无论爱与不爱，亦是执手相依，相看白头。

外公和外婆，父亲和母亲，都是旧时的花烛夫妻。偏远山村，老宅旧院，春日的石阶苔藓滋长，晨起还能看见远山未尽的月色。他打柴耕种，远处人家起了炊烟，她倚门而望，归人缓缓。

那时，他在水畔垂钓一池山光水影，她撑着小舟采莲捞萍。他在田间锄草种豆，她于灯下织布裁衫，两人点灯说话，熄灯做伴。此一生清贫喜乐，任光阴往来游走，世事万千变幻。

佳期如梦，美景易逝。人生有所得，又有所失。我把最好的年华给了文字，那诗中的万千气象，恰如三千年前的风景。世间爱恨相随，古今哀乐相同，无论是《诗经》、汉赋，还是后来的唐诗宋词，皆一样地绮丽清越。

在那个遥远的年代，诗歌并非用来装点修饰生活的，而是内心情感的真切表达。琴瑟之音，男女情事，亦如高山流水，清澈如洗。他为耕夫，她是村女，在世俗人家，过着平实谦卑的日

子。守着小窗春色，无离愁忧惧，又怎管风物人情有一天会如斜
阳晚照那般消逝湮灭？

　　千年何短，百年又何长？相爱之心或有变迁，缘分却不可更
改。那些在阡陌上走过的行人，早已不知下落，而留存于诗中的
故事，依旧清洁无碍，端正有情。

葛之覃兮，施于中谷

《诗经·国风·周南·葛覃》

葛之覃兮，施于中谷，维叶萋萋。黄鸟于飞，集于灌木，其鸣喈喈。
葛之覃兮，施于中谷，维叶莫莫。是刈是濩，为絺为绤，服之无斁。
言告师氏，言告言归。薄污我私，薄浣我衣。害浣害否，归宁父母。

日影移动，寸阴寸时，都有它的清妙和欢喜。好比我在闲窗下煮茶，看茶叶于杯盏中浮沉，舒展着生命的姿态，让人觉得有一种无私的感动与亲切。又如我在静室里焚香，看青烟漫漫，袅过花枝，从有形至无形，短暂的瞬间，由生到灭，美如梦幻。

荀子说："天地以合，日月以明，四时以序，星辰以行，江河以流，万物以昌。"造物神奇，又好生糊涂，自然的悠远深稳，令人无常忧思。江山无限，洪荒草昧，平畴村舍，凡是浩荡的风景，喧闹的铺排，都是世俗的好。如人在光阴里游走，自然清简，有情有理。

千万年无涯的时光里，那些不曾走过的日月山川，不曾经过的历史人情，又有一种无声的惆怅与缺憾。先秦的朴实，汉朝的平正，大唐的华彩，以及宋的清瘦，这一切皆成了云中烟火，远得看不到影子。

因为爱惜，所以相敬。因为平淡，所以庄严。幼时母亲教我做人的道理，简净平实，良善端正。母亲一生勤劳俭约，她知人世悠远漫长，总做未雨绸缪之思。她的好，如月下的莲开，于风中徐徐缓缓。她的静，如擦桌上的一灰一尘，细致入微。

那时的外婆，居住在邻村。每逢节日，或结束了某段时间的劳作，母亲便携我去外婆家住上几日，享受与她父母团聚的幸福欢喜。临行前，母亲会打理好家中一切。厅堂廊下，洒扫干净，浆洗衣被，乃至灶下的柴火、牲畜的粮食，都安排得有条不紊。父亲总笑她如此朴素的一个人，心事还是这样重。

江南天气，四季皆清，山径竹林，溪水潺潺。行走在日影清风中，觉虫鱼鸟兽、山花野草都有声息。母亲素白的衬衣，浮动着阳光的香气，简洁的发髻，说不出的清丽柔和。我亦是朴素洁净的裙衫，一针一线，皆为母亲的心意。凡母亲说的做的，我都依顺，觉得样样称心。

女子归宁，有一种深意，是人世之礼，也是灵魂的归宿。后来我奔赴人生之旅，尝历风尘，怅然世海，竟不敢告知母亲真实的消息。"慈母倚门情，游子行路苦。"但我深知，无论我在天涯何处，母亲都倚门候盼我的归期。那绵密的针线，深厚的恩情，让人安稳踏实。

以至于这些年，无论富贵荣华，贫苦忧患，我都静静地过，不拣择，不放纵，有时厌倦了世情，也不忘做人的道理。遇多少劫数，乃至毁灭，总想起母亲和外婆，于树影下缝补旧衫，一缕薄风，两碗野茶，日光下静无声息。她们的世界没有躁怒不甘，只有平静和悦。

《红楼梦》里元春省亲，归宁一事浩浩荡荡，流金淌银之盛况，惊天动地。因元春封为凤藻宫尚书，加封贤德妃，蒙天子降谕特准銮舆入其私第。贾府为迎元妃，特意修筑了一座富丽堂皇的大观园。

那日贾政带门下清客逛游大观园,携了宝玉,命他为大观园各处景致拟匾。行至稻香村,宝玉作联:"新绿涨添浣葛处,好云香护采芹人。"此处"浣葛",典出《诗经·葛覃》。

"言告师氏,言告言归。薄污我私,薄浣我衣。害浣害否,归宁父母。"所写的是新妇浣净葛衣,打理妥帖,方回娘家。而宝玉在这里用"浣葛"喻指元春归省。旧时女子出嫁后,需在夫家勤俭贤惠,侍奉公婆,相夫教子,归家探看父母的机会很少。

所谓"妇德、妇言、妇容、妇功",一个女子,不但要安静温婉,贞洁清好,素日里更要勤于丝麻织作,宜家宜室。无论在山间采葛,还是竹林浣纱,厨下煮茶,堂前做针线活儿,心里所记着的,唯有那视作天地的丈夫。而这首《葛覃》,描述的便是一位待归女子勤于妇功的鲜活情景。

"葛之覃兮,施于中谷,维叶萋萋。黄鸟于飞,集于灌木,其鸣喈喈。"葛藤如此繁茂绵长,蔓延在山谷,一如这清明的盛夏,而光阴亦在叶脉间流淌而去。黄鸟于丛林间自在轻飞,欢喜鸣叫,婉转动听。它们无拘无束地往返于茂林深处,牵惹出女子想要归家的心愿。黄鸟意味着幸福与安宁、祥和与喜悦，只是它无论飞去何方，行经多远，终要归巢。

"葛之覃兮，施于中谷，维叶莫莫。是刈是濩，为絺为绤，服之无斁。"葛藤如此绵长逶迤，繁茂葱茏，延伸至山谷，静静生长，不问流年。尚未完成织布，想要归娘家的心思暂且压制着。且割下了葛蔓，再生火蒸煮，织就粗细不同的布匹，为家人制成衣衫，穿上它可谓其乐无穷。

"言告师氏，言告言归。薄污我私，薄浣我衣。害浣害否，归宁父母。"忙碌几月，已是岁末，一切妥当，有了空闲，方将久藏于心底的话告诉师氏。征得同意后，内心激动无以言表。归去娘家，自是要将自己细致打扮一番。穿着洁净的衣裳，绾起美丽的发髻，风姿盈盈地去探望久别的父母。

想当年，待字闺中，亦是辛勤劳作。或陌上采桑，低头弄莲，至于采葛织布，也跟随母亲做过。自古细心灵巧、温柔贤惠，乃女子本性，纺纱织布，则似为职责。她们沿袭着传统美德，于寻常农家小院缝衣浣洗，过着恬淡悠然的日子，知足快乐，也美满如意。

　　出嫁后，女子虽心系父母，挂念娘家，但她铭记妇功、妇德，辛勤俭朴，打理家务，安守本分。于人生四季中，静静劳作。待葛藤成熟，她亲自采割、蒸煮、织布并亲手缝制衣衫。这个过程悠缓又漫长，她在等待中，快乐且安宁。繁忙的穿织浣洗，让她感受到生命的真实和趣味。

　　这首《葛覃》作为《诗经》的第二篇章，自是有其深意。父母之恩，浩荡于天，女子归宁，是孝道，亦为美德。《毛诗序》曰："《葛覃》，后妃之本也。后妃在父母家，则志在于女功之事，躬俭节用，服浣濯之衣，尊敬师傅，则可以归安父母，化天下以妇道也。"

　　方玉润在《诗经原始》对《毛诗序》之观点做出驳论："后处深宫，安得见葛之延于谷中，以及此原野之间鸟鸣丛木景象乎？"他认为"此亦采自民间，与《关雎》同为房中乐，前咏初昏（婚），此赋归宁耳"。

　　千年已过，世景迷离，所谓繁华落尽见真淳。万般风景都不及民间的清新朴素。当年贾府修建了省亲别院，富丽堂皇处，独留一隅修了田园农舍。数楹茅屋，稻径相掩，其郊野气息，曾引得贾政有归农之意。它曾被赐名为"浣葛山庄"，后因黛玉代宝玉所作之诗《杏帘在望》甚得元妃之心，取其诗意，改"浣葛山庄"为"稻香村"。

而李纨作为荣国府的大少奶奶，不慕繁华爱淡泊。她清雅端庄，性情贞静，处事明达，超然物外，宁做稻香老农，守着这片竹篱茅舍的田园风光，自甘寂寞。素日里除了带着大观园的姑娘做些针线活儿，便是侍亲教子，沉静从容，与世无争。

《葛覃》里的女子，是后妃还是寻常的农家女子并不重要。多少物意即人情，她们安守在自己的那片天地里，平淡简净，良善娴雅，勤劳知礼，爱护家人，珍重自己。

葛藤茂盛生长，安静地蔓延于山谷，但再无人去采摘。黄鸟还在，穿梭于山林，却觅不到女子踪迹。那些用葛草、葛藤织就的粗布衣衫，早被绫罗锦缎取代。只是在微风中，隐约还闻得见草木的香气，以及弥漫于岁月深处，经久不散的情意。

桃之夭夭，灼灼其华

《诗经·国风·周南·桃夭》

桃之夭夭，灼灼其华。之子于归，宜其室家。

桃之夭夭，有蕡其实。之子于归，宜其家室。

桃之夭夭，其叶蓁蓁。之子于归，宜其家人。

今日春分，草长莺飞，簪花喝酒，踏青挑菜，旧时盛行的礼乐，在民间一样受推崇。春萌秋谢，时令流转，万物有灵，却亦有其不可避免的兴亡荣枯。

春分也是节日，举行祭祀庆典的日子，古代帝王有春天祭日、秋天祭月的礼制。周礼天子日坛祭日。《月令七十二候集解》："二月中，分者半也，此当九十日之半，故谓之分。"

江山可易主，情缘有幻灭，唯岁月不言，千年不改。"春分日，酿酒拌醋，移花接木。"松花酿酒，春水煎茶，这季节，心事亦如日出桃花，雨后烟柳，新润可人，绵密深稳。

我亦小径寻幽，又唯恐触了花神，惹出一段无由的情缘。不知谁家庭园，翠柳深深，掩映着几树桃花，让人心生向往。昨夜读《诗经》之《桃夭》，有诗句："桃之夭夭，灼灼其华。"可见，桃花早在三千年前就已是一道明媚的风景。

清姚际恒《诗经通论》："桃花色最艳，故以取喻女子，开千古词赋咏美人之祖。"以桃花喻美人，虽艳丽却也静雅。桃树当是民间最寻常的花木，繁城小镇，山寺村落，有桃树的地方，便有春天，亦见美人。

幼时居住的村落，青山如黛，桃花满溪。迤逦的山路，被桃花翠柳遮掩，隔着黛瓦白墙的屋舍，望不到尽头。有院落的人家，门前喜种桃树，春风过处，那一树树桃花，开得难管难收。

有多情贤惠的妇人，折了桃枝插瓶，搁于堂前案桌，抬眉皆见春色。桃花可晒干酿酒，可做桃花茶，还可制成桃花丸，不仅添了雅兴，更有美容养颜之功效。

小时候的春天，看过最多的便是门前的梨花和院落的桃花。有时父亲打柴归来，还会折上几枝杜鹃花，几簇白栀子。那时不知天下好物繁多，以为最美的，是黛瓦白墙，桃林竹山。

后来行走过许多地方，到底是见不到故乡的山桃庭柳，梁间社燕。我对桃花本无多少喜爱，幼年觉它开得过于繁艳，不够简净；年岁渐长又觉它过于妖冶，不够矜持。到今时红颜渐老，又突然爱其灼灼风姿。它本是春日庭园里的佳人，从古至今，促成了不少良缘。

我喜欢白居易的诗："人间四月芳菲尽，山寺桃花始盛开。长恨春归无觅处，不知转入此中来。"又喜欢崔护的诗："去年今日此门中，人面桃花相映红。人面不知何处去，桃花依旧笑春风。"一静一动，尽是妙意，尽得风流。

但这些深红浅绿都不及"桃之夭夭，灼灼其华"这般神韵深浓。春风陌上，天地万物清润欣荣，无有遮蔽。我亦是这陌上行人，往来游走于世间，不去询问历史的言语，也不贪恋名利荣华，内心安静无争，却终不知归去何处。

"桃之夭夭，灼灼其华。之子于归，宜其室家。"仿佛看到几千年前，一片盛开的桃林，桃枝于春风中摇曳，灼灼桃花嫣然含笑，婀娜风情。这片桃花丛中，有一妙龄女子，款款移步，明眸善目，娇艳多情。

花丛深处，人与花皆好，竟不知是佳人赏花，还是花赏佳人。这女子似三月桃花，韶华胜极，值婚配之龄，即将嫁作人妇，宜其室家。红烛高照，鸳鸯织锦，从此她是另一个屋檐下的新人，堂前廊下，打理岁月。从陌生到熟悉，由红颜到迟暮，看似漫长深远，亦不过是花开花落的时间。

"桃之夭夭，有蕡其实。之子于归，宜其家室。桃之夭夭，其叶蓁蓁。之子于归，宜其家人。"简短的几句诗，诉说女子一生平顺亦安乐的命运。从桃花到桃实，再到桃叶，一如她穿上凤冠霞帔，之子于归那一刻，她便不再是单纯的自己。

嫁作人妇，归至夫家，从此孝顺公婆，相夫教子，勤俭持家，是一个传统妇人此生的归宿。自古以来，天下大信，莫过于百姓安居乐业，家庭和睦兴盛。而一个女子所有的幸福，则是遇一良人，婉静贤淑，安享稳妥现世。

《桃夭》里的女子，不仅美艳动人，更有一颗良善温柔的心，她嫁入夫家，将日子过得和顺美满，如意喜乐。旧时女子以贤德温婉为美，今时亦如是。所谓相由心生，一个温良俭约的女子，纵没有桃花之灿烂，海棠之妩媚，牡丹之华贵，寒梅之高洁，亦会另有一种简净风流。

朱熹《诗集传》有言："有天地然后有万物，有万物然后有男女，有男女然后有夫妇，有夫妇然后有父子，有父子然后有君臣，有君臣然后有上下，有上下然后礼义有所错。男女者，三纲之本，万事之先也。"

万物遵循其规律，方能更替流转，生生不息。我爱旧式婚姻，中国民间几千年沿袭着这种风俗，那种满堂花团锦簇的繁闹，令人生出敬意。

幼时于村庄也见过这样的嫁娶，新郎伴随迎亲队伍同行，去往邻村迎娶新娘。一路上鞭炮声声，锣鼓悦耳。那日的新娘凤冠霞帔，妆容精致，美得惊心。华丽的厅堂，宾客满座，新郎新娘拜过天地、祖先以及父母，之后对拜喝下合卺酒，便正式成了夫妻。从此，患难相随，荣枯与共。

外婆曾几度跟我说起，她当年出嫁的喧闹场景。几处村落，各户人家，乃至那一片山岭溪亭，皆是喜气欢声。新婚时，还请了梨园戏班，锣鼓喧天吹唱了几日。外婆家境殷实，曾外祖父给她备了丰盛的嫁妆，金银玉石。尽管这些最后都付与光阴，不知去处，但那晴日春光、花好月圆的盛景，足以令其回味一生。

外公家境清贫，却是读书君子，不慕银钱，爱其婉柔素心。外婆嫁至夫家，甘守平淡，对公婆敬爱，对丈夫有礼，与邻人也相亲。外婆做新妇时，亦如那桃花，烂漫美好，却不失静雅。她此一生皆有着"宜其室家"的品德，得外公爱慕，与之相敬如宾，不离不弃。

人生如花，美好易逝。无论是三千年前《诗经》里的女子，还是外婆、母亲，或是世间寻常的凡妇，她们皆有过桃花的娇艳。在有限的年光里开花结果，叶茂枝繁，美得安静亦清明。

如若可以，我愿此生修行，不是诗酒文章，而是柴米油盐。年年岁岁，在旧庭深院，与邻妇一起背着竹篓采桑摘茶，于檐下剥笋，于长廊绣花，不怀古追思，不悲天悯人，像佛经里的莲花，清洁静好。

千百年来，多少故事，似春庭里幽火煮茶，洒逸悠闲。虽是悲喜交织，却到底远离了沧桑，经历过了，又如杨柳新枝，这样不染尘埃。

桃之夭夭，灼灼其华。再读时仍觉香风细细，百媚千姿。像见一美人，肌肤胜雪，薄施粉黛，款款而来，娇态动人，转瞬不见了踪影。

南有乔木，不可休思

《诗经·国风·周南·汉广》

南有乔木，不可休思。汉有游女，不可求思。

汉之广矣，不可泳思。江之永矣，不可方思。

翘翘错薪，言刈其楚。之子于归，言秣其马。

汉之广矣，不可泳思。江之永矣，不可方思。

翘翘错薪，言刈其蒌。之子于归，言秣其驹。

汉之广矣，不可泳思。江之永矣，不可方思。

　　午后阳光下休憩，捧一杯春茶，静静地看茶叶于沸水中浮沉，转瞬寂然无声。新枝斜过墙院，花影临风，吐着香气，却又这般不肯端正。

鸟语喧闹，花事烂漫，当下的一切，如梦亦如真。以我今日的修行，也算是见过山河，见过天地众生，不该生出闲愁离怨。然人生无愁则无求，无情则无碍，如此世界一片清朗，又未免太无趣。

我一生以梅花自喻，安然于世，不与人争。可古人写意画中的寒梅，虽冷傲清绝，却也必是倚着山石，或有竹松相伴，霜雪衬托。独我寄居红尘三十载，悠悠岁月，竟一直来去如风，片叶不沾衣。

那些陪我走过文字长河的人，以及伴我寂寞晨昏的人，终如过客，必要远去。是缘分太浅，还是人世浮华，我过于清淡？一片梅林，竟无处让人安然栖息。可我此生所寻，绝非浮华，而是人间的珍重与情意。

三春三世景，一生一卷书。近日读《诗经》，觉春光无限，那诗的语言恰如这锦绣如织的人间，美丽亦真实。我们当下的生活乃至人情世故，又何尝不是一本《诗经》？万物生长，富贵功名，男女情爱，皆著于诗文，随着光阴流转，千秋万代，不被消磨。

"南有乔木，不可休思。汉有游女，不可求思。汉之广矣，不可泳思。江之永矣，不可方思。"他是年轻的樵夫，于深山密林，伐薪劳作。她是汉江之上的游女，翩然风姿，让他心生爱慕，想要追求，却终是徒劳。浩浩汉江宽广无边，望不到尽头，无法渡过，空留惆怅。悠悠江水清远且长，筏舟摆渡亦是不能。

"翘翘错薪，言刈其楚。之子于归，言秣其马。""翘翘错薪，言刈其蒌。之子于归，言秣其驹。"纵是追寻不到游女的踪影，求而不得其芳心，樵夫并未心意阑珊，他依旧一往情深，期待着有朝一日游女嫁之，把马儿喂饱，来年得以驾车相迎。

年复一年，他砍伐着林木，与山花野草做伴，和杜若松柏为邻，只是他魂梦所牵的，是汉江的游女，而非身披薜荔、腰束女萝的山鬼。多少次失望又彷徨，对着浩渺无边的江水，一次次幻想着与游女结下今生的情缘。

奈何，郎有情，妾无意，又或许她神游于江畔，朝云暮雨，餐风饮露，又怎会轻易俯瞰这烟火人间的凡夫俗子？年轻的樵子，梦境终究还是幻灭，独立茫茫汉江，唱这戚戚之音。

人生有梦，方觉有盼头，否则漫漫行程，水复山重，如何轻易度过。这情缘亦算是人生一劫，过去了，岁月依旧清平。他被情思缠绕，碌碌难脱，亦尽了心力去追求，虽怅然无果，当是年少无悔。

人间事，难遂心意的又岂止情爱？或为名利，或为尊荣，又或仅仅为了一箪食、一瓢饮的俭约生活，依旧有许多不为人知的烦恼和缺憾。纵是幽谷的兰草，山寺的桃花，林间的燕子，亦不能超然世外，风云无猜。

我对樵夫的喜爱，缘于伯牙和子期那段高山流水遇知音的故事。伯牙为琴师，子期只是一寻常樵夫，但他们彼此心意相通。子期死，伯牙谓世再无知音，故摔琴绝弦，终生不复弹。

更有晋时王质深山伐木，观几位童子下棋，欲归去时，见斧柯烂尽。回到人间，与他同时代的人都已亡故。可见山中一日，世上千年，人事流转变迁，又怎管你红颜白发，少年须翁。

虽为女儿身，幼时也曾随父亲去往高山密林之处，采药打柴。山路逶迤，荆棘丛生，时遇虫兽奔走，也见珍稀草木，更有山云雾霭，迷幻如梦。那时，亦盼着偶遇伯牙这样的琴者，或某个执杖的仙翁，对弈煮茗的童子，哪怕是久居山林的猎户，隐于洞穴的狐女，都将会成就一段传奇，令人痴迷。

但这些都是唐宋传奇里的故事，经作者的写作，后人再改编成戏，给平淡的生活增添了风流雅韵。人世苦短，多少人甘愿守着无味的日子，不去追寻缥缈的情缘。或是期待着，做一回戏里的人物，惊天动地地爱一次。或成或败，或离或合，或生或死，皆不重要。

世间奇情艳意，自是需要缘分，伯牙有子期，隐者有高士，才子有佳人，俗子有凡妇。更有许多孤独的灵魂，穷尽一生也寻不到与之情意相投的知己。所幸，万物有心，往来游走，终有一物，与你温柔邂逅，静默陪伴。

这樵夫是百草丛中的一草，或许没有子期的悟性，亦无超脱的境界。他仅仅是南山打柴的凡夫，想要追求自己心仪的女子。伐薪喂马，折花赠远，所思所求，只为博佳人一笑。

浩渺汉江，迢迢难渡，无鱼雁寄书，不可上言加餐饭，下言长相忆。后来，这汉江之上的游女，亦不知嫁与何人，是幸福美满，还是郁郁寡欢？而这位年轻的樵子，娶了何人为妻，那美丽多情的新妇，又是否可以弥补他内心的遗憾？

　　人间事如高山流水，清风朗月，看似有情，却是忧喜各知。有缘还要有分，白娘子和许仙结缘千年，做了凡间夫妻，终是离恨多于相守。《红楼梦》里的贾宝玉和林黛玉，亦是前世有一段宿缘未了，故幻化为人，来世间磨砺。待泪还尽，一缕香魂归去，她做回花神，再不惹爱恨。

　　这篇《汉广》里的游女，是神女，亦是民间的少女。西汉时研究《诗经》的人认为，江汉之间的广大地域被周文王文明化，那里的女性有贞守之德，于是诗人便作此诗，以乔木、神女、江汉为比，赞美那里的美丽女子。

　　自古美好的女子，谦卑而良善，她们似早春的兰芽，又如夏月的清荷，温婉端淑，令人敬爱。纵是世景荒芜，落难遇劫，亦不该生出太多的仓皇哀怨，日子过得当清洁简明，仍婉兮清扬。

　　《诗经》便有这天然妙韵，它本是民歌，简洁易懂，不似经文那般禅意深邃，暗藏天机，亦不像唐诗宋词那样韵律严谨，不够随性。它是自然山水，是男女情爱，是寻常茶饭，无须雕琢装点，不必刻意安排，言语即诗。

"南有乔木，不可休思。汉有游女，不可求思。"千百年过去了，汉江的游女，还在水畔走走停停，寻寻觅觅，她的世界，无太古的暮霭荒愁，唯有眼前的盛世清音。

不去询问，当年的樵夫去了何处。时令三月，桃花深处，有更好的人家，为其等候，岁岁年年。

未见君子，
我心伤悲

《诗经·国风·召南·草虫》

喓喓草虫，趯趯阜螽。未见君子，忧心忡忡。

亦既见止，亦既觏止，我心则降。

陟彼南山，言采其蕨。未见君子，忧心惙惙。

亦既见止，亦既觏止，我心则说。

陟彼南山，言采其薇。未见君子，我心伤悲。

亦既见止，亦既觏止，我心则夷。

　　春在窗外，我在窗内。窗外的枝头繁花似锦，开到难舍难
收，竟让赏花之人心生疲惫。我于窗内，一茶一书，清简如常。
奈何斜斜花影、徐徐清风直逼窗前，偶然的一次回眸，胜却莺歌

燕舞无数。姹紫嫣红虽华美，却少了一份宁静与庄重，我更喜一剪白梅的素淡和仙意。

想起薛宝钗《咏白海棠》有诗句："淡极始知花更艳，愁多焉得玉无痕？"薛宝钗之性情恰如这白海棠，清淡风流，安分随时，藏愚守拙。她淡雅自安，不似多愁的黛玉，为了一段情缘，写着寂寞断肠之音。

那日，大观园群芳夜宴，宝钗掣出一支花签，签上画着一枝牡丹，题着"艳冠群芳"四字，下面又有镌的一行小字，道是：任是无情也动人。的确，宝钗有着牡丹的国色天香，端庄娴静。她一生情思淡淡，无黛玉之闲愁，用情太深，以至于慧极则伤，情深不寿。

世间万事，无论功名，还是情爱，哪怕生死，都早有定数，不可强难。然性本天然，那些白云清风、物我两忘的境界，皆是多年修行所换取的。世态炎凉，人情浇薄，一生要经历多少世乱浮沉，又有几人可以做到明净如初。

若有情相待，携手人间，纵隔山隔水，亦无须说盟说誓。若心意摇摆，纵晨昏相伴，同桌同食，亦如隔了银河千里。那日读

《诗经》有言："春日迟迟，采蘩祁祁。女心伤悲，殆及公子同归。"内心竟涌动着莫名的惆怅，不是悲，也不是怨，是一种心不在焉的茫然，无处可依的寂寥。

再读《诗经》，"喓喓草虫，趯趯阜螽。未见君子，忧心忡忡。亦既见止，亦既觏止，我心则降"，又觉浩浩秋意落于窗前，草虫声声，月华当空，不禁思人怀远。文字可写四季之景，抒情感忧思，歌人生百态。

此刻仿佛见到晚秋红紫，虫鸣唱彻夜空，有一思妇，独坐屋舍，思念征人。她说，未见君子，忧心忡忡。若此刻得以相见，便可以偎依着他，诉说衷肠，那心中的愁烦亦随之消散。又何惧这秋风萧瑟，秋虫嘈杂？

朱熹《诗集传》："南国被文王之化，诸侯大夫行役在外，其妻独居，感时物之变而思其君子如此。亦若《周南》之《卷耳》也。"此诗便是抒写思妇情怀。她日夜思念远征在外的丈夫，为此愁怨难解，忧思不断，并无数次想象着，他归来时的喜悦，以及耳鬓厮磨的柔情。

李白曾有《子夜四时歌》，诗写四季，情寄千里。最爱那首秋歌："长安一片月，万户捣衣声。秋风吹不尽，总是玉关情。何日平胡虏，良人罢远征。"千年过去了，秋尽春来，长安那一片皓月依旧，只是万户已听不见捣衣声。思妇还在楼台，可那些远征的将士，归来的又有几人？

行文至此，我竟落下泪来。这泪不为古人，亦不为自己。只觉内心荒芜空落，茫茫无际。天地间有成败，流光里有离合，但多少风景，我已不关心，历史上的事我亦不在意。自古英雄枯骨，美人尘土，偏我又是这红尘中的人，不扰世事，物物却与我相关。

"陟彼南山，言采其蕨。未见君子，忧心惙惙。亦既见止，亦既觏止，我心则说。陟彼南山，言采其薇。未见君子，我心伤悲。亦既见止，亦既觏止，我心则夷。"转瞬间，又随秋至春，春到夏，年华老去，寂寞伤远。她的世界，一如既往地平淡清安；他在关山万里，浊烟乱世，不知今夕何年。

她背着竹篓，去往高山之上，采摘鲜嫩的蕨菜、薇草。漫山遍野的春花，万木欣然的绿意，她无心赏看，内心愁思凄切，无以言说。若此刻他千里归来，她愿为他洗去一身风尘，烧饭沏茶，相伴相依。多少浓重的离愁都可消散，郁结于心的哀怨亦无影踪。

只是，这一切都是她一厢情愿的念想。昨日恩重情深，都付与山风夕照，谁还记得当年光阴的旖旎。他为了奔赴荣华，忘记归程；她还在柴门深处，看尽芳菲。这一等，也许是三年五载，也许是一生。

那时候，他再不是那个意气风发的少年，亦无拔剑起舞的气势。而她红颜白发，残存的粉黛，遮掩不住岁月的沧桑。院内的桃花，开满了华枝，南山的蕨菜采了一茬又一茬，来往打马而过的君子，为何没有为她停下。

她年年针线，织补夏衫冬装，日日期盼着良人远归。人世有情，本该这般安稳吉祥，可因别离，无端生出许多悲恨。而她又是万千思妇中的一位，为了世上无理的情缘，竟糊涂地误了终生。

清代方玉润《诗经原始》："始因秋虫以寄恨，继历春景而忧思。既未能见，则更设为既见情形，以自慰其幽思无已之心。此善言情作也。然皆虚想，非真实觏。"

虽说如梦虚幻，却又着实情真。自《诗经》以后，唐宋诗词里，又有多少思妇，吟咏断肠之音。唐人王昌龄有句："闺中少妇不知愁，春日凝妆上翠楼。忽见陌头杨柳色，悔教夫婿觅封侯。"

是啊，悔不当初，若甘愿平淡相守，又何必劝说他去封侯拜相。陌上的杨柳翠绿烟浓，过客来往匆匆。当年的清丽佳人，已年老色衰。可待到相见的那一天，她依旧美目流盼，风采犹存。只因，他不来，她不敢老去。

那么多誓言未曾兑现，那么多话语不曾诉说，那么多故事还没有结局，她怎敢轻易老去！时光无情，于人于物，都没有分别心。但女子因心中有爱，连对待兴亡都这样豁达，至于富贵贫贱，更是随缘则安。

男儿的爱，像一场迷离的风，浅薄易散。女子的爱，则像一首慷慨悲歌，惊天动地，却又柔顺婉和，细水长流。等待令人煎熬，但人生因为有这份等待，便不再无趣。

也曾做那楼台思妇，等候南归的燕子。岁岁年年不变的姿态，不知是为了重逢，还是为了再次离开。人间本无长恨，亦无相亲，唯生死相隔添了沧桑，除此之外，又有何所惧？

　　春风陌上，我亦是行人，任凭烦恼若花事无人收管，终有萎谢之时。世间恩爱夫妻，相守一生，也不能地老天荒。一世光阴，亦只是刹那芳华，多少情事，几番追忆，到底怅然。

求我庶士，
迨其吉兮

《诗经·国风·召南·摽有梅》

摽有梅，其实七兮。求我庶士，迨其吉兮。

摽有梅，其实三兮。求我庶士，迨其今兮。

摽有梅，顷筐塈之。求我庶士，迨其谓之。

茶在静室氤氲，光阴在屋外徘徊，天地无穷，人生却有限。我时常恍惚，居繁城闹市，却觉自己还是当初那个女孩，虽历世事风尘，却容颜不改。我喜欢旧时的深庭小巷，画堂双燕，前院种几树桃李，后院种一片菊，也是清洁素静。

物物有灵，我对人间光景，有时万般爱惜，有时又心生厌

倦。我知流光有尽，当趁韶华赏花赏月，看山看水；可世间风月
伤人，又岂可过于贪恋。此刻窗外，繁花招摇胜极，媚态嫣然，
赏花人无数；愿意珍藏，并为之倾心的，又有几人？

"一即是多，多即是一。"禅是一花一叶，是一尘一水，也
是一夫一妻。世上再没有比英雄美女、才子佳人更美好的故事
了。人世夫妻，修的也是缘分。他们虽朝暮相伴，却各有所事，
各尽其责，于寻常日子里，举案齐眉，早已超脱了爱情。

自古水乡多丽人，女子如颜色，或妩媚娇艳，或淡雅脱俗，
姿态万千，个个都是好的。旧时罗敷女采桑于城南陌上，亦有行
客一见钟情。西施本为浣纱溪畔的浣纱女，也因倾国之姿入了吴
宫，成了最受吴王恩宠的妾。

红衣翠裳，如玉的肌肤，流水的身段。无论是乡野村女，还
是水畔佳丽，在她们最好的年华，皆期待能有那么一位赏心悦目
的翩翩少年，走进她的世界，与之琴瑟相好，许百年之约。妙年
短暂，匆匆易逝，几场春花，便已是红颜秋水，不复当初那般明
净，秀丽天然。

多少人曾经风华绝代，却无端误了佳期，辜负苍天厚意。或

早早嫁与凡夫野民，不解情怀，蹉跎岁月，又或与良缘擦肩而过，守着日子，孤独终老。锦时芳华切不可肆意荒废，流年如风，急景凋年。

《诗经》有云："摽有梅，其实七兮。求我庶士，迨其吉兮。"梅子黄熟，树上尚且还留了七成，暗喻女子嫁期将尽，却始终觅不到夫婿，她已是心烦意乱，焦虑不安。是啊，花木有荣枯，韶华有尽时，女子已值婚配之龄，怎可再耽搁良辰？

"摽有梅，其实三兮。求我庶士，迨其今兮。"梅子纷然落地，枝头只剩三成。那有心相求的男子，切莫再要等待。佳期杳渺，月圆了又亏，云散了又聚，为何她的良人，迟迟不见踪影？

"摽有梅，顷筐塈之。求我庶士，迨其谓之。"梅子落地，被收拾后装入箩筐，留待煮茶酿酒。有心相求的男子，尽管从容开口，莫再迟疑。梅子黄时，燕子双飞，若寻得良人佳侣，彼此交杯换盏，又何惧光阴往来，人世浩浩如梦？

自古男欢女爱，琴瑟相谐，是人间佳话，也是人世之礼。这女子如黄熟的梅子，栖息于枝头，等待有缘人采摘。几番吟唱，可见她已情迷意乱；她期待着，寻觅着，甚至召唤着，只为那个有情人出现。如此，便可携手共赴深稳红尘，贫富随缘，死生无惧。

《周礼·媒氏》曰："仲春之月，令会男女。于是时也，奔者不禁。若无故而不用令者，罚之。司男女之无夫家者而会之。"仲春之时，当地媒官让未婚男女去幽会。如同三月三踏青，无论是青年才俊，还是闺阁少女，皆可自由出去游赏春光。为的是趁此良机，寻觅人生伴侣，从此男耕女织，夫唱妇随。

《毛诗序》曰："《摽有梅》，男女及时也。召南之国，被文王之化，男女得以及时也。"因此有了如此质朴清新、明媚深情的诗歌。时光无情流转，不经意便把青春抛远。女子内心渴望爱情，可出嫁之日遥遥无期。就连她中意之人，亦不知落于何方，何时出现。看着梅子熟透，只觉时不我待，一刻千金，想要留住当下的世景。

忆起唐时杜秋娘所唱的《金缕衣》："劝君莫惜金缕衣，劝君惜取少年时。花开堪折直须折，莫待无花空折枝。"这个女子本是一名寻常歌伎，她用一首《金缕衣》，换取了数十载的繁华锦绣。入了宫廷，坐拥无上尊荣，历经几代帝王，看尽沧桑变故。尽管最后河山动荡，风雨满城，她遭灾落难，死于玄武湖，却花开绚烂，今生无悔。

西汉有才女卓文君，美貌非凡，精通音律，才思灵敏。一日，卓王孙宴客，才子司马相如赴宴，知其有一女才貌双全，便有意弹奏一曲《凤求凰》，倾吐爱慕之情。文君久仰司马相如之才，再听闻琴声，便从门缝窥探，被其儒雅风度所吸引，一见倾心。

那夜，凉风如水，卓文君逃离家门，与司马相如私奔，去了四川成都。而司马相如只是一清贫书生，家中一无所有，他们卖了车马，于临邛（今四川邛崃）开了一间小酒坊。往日的富商之女，为了爱情不惜当垆卖酒，与他荣辱与共，成了市井的一段佳话。

司马相如所作《子虚赋》，得汉武帝赏识，因得召见，又作《上林赋》，武帝大喜，拜为郎。他意气风发，竟一时忘记当初的诺言，生了二心，打算纳茂陵女子为妾。卓文君是位烈性女子，写下一首《白头吟》，誓与司马相如决绝。

"皑如山上雪，皎若云间月。闻君有两意，故来相决绝。"读罢文君的诗，司马相如为其才情与痴心感动，忆起昔日夫妻恩爱情深，羞愧难当，自此再不提纳妾之事，二人相伴白首，终老林泉。

隋唐时有红拂女，也是慧眼识英雄。那时的李靖只是一位平凡的布衣青年，但阅人无数的红拂，观其气度非凡，见识超然，深知他是可托付终身之人。当日，她打听到李靖留宿于长安某旅馆，便入夜寻他而去，与之双宿双飞，共度隋唐乱世。

"墙里秋千墙外道。墙外行人，墙里佳人笑。笑渐不闻声渐悄，多情却被无情恼。"苏轼说，天涯何处无芳草。他一生虽宦海浮沉，却一直有佳人相伴，不合时宜也可以旷达豪迈，残山剩水也洒逸风流。

若无王朝云这位红颜知己的万里追随，红袖添香，他在晚年时光又岂有闲情雅致，吃东坡肉，饮清好的茶？王朝云本是沦落烟尘之中的一名歌伎，但她能歌善舞，清丽淡雅，得苏轼宠爱，引为知己。朝云死，苏轼有句："不合时宜，惟有朝云能识我。独弹古调，每逢暮雨倍思卿。"

女子的爱，壮阔明亮，也温柔艳丽。她们遇到心中所爱，敢于做出惊世骇俗之举，纵是挫败，亦无怨悔。男女相悦，若岁月花开，有繁闹，也有疏离。漫长的一生啊，能拥有安静而长情的陪伴，多么不易。在一起时，能做到相敬已是慈悲，真正灵魂相依的，世间稀有。

才子有佳人，凡女有俗夫，世间的情事，于冥冥中早有安排，缘分早些，或迟些而已。但亦有许多女子，耗尽了一生的时光，终究等不到那个相守之人。

《诗经》里这位女子，如此急切地期盼，到最后，想必得到了良缘，一生安稳。又或是如我这般，做一朵优雅老去的梅，任凭红尘纷芜，仍静然自好，明心见性。

卷二 ◎ 我心匪石，不可转也

我心匪席，不可卷也

—三千年前那朵静夜的莲开—

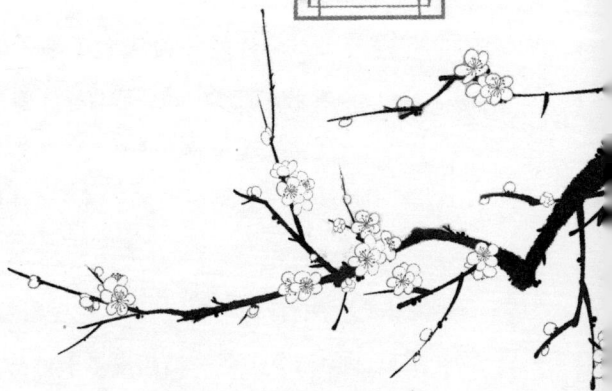

不我以，
其后也悔

《诗经·国风·召南·江有汜》

江有汜，之子归，不我以。不我以，其后也悔！

江有渚，之子归，不我与。不我与，其后也处！

江有沱，之子归，不我过。不我过，其啸也歌！

　　木心先生有诗："从前的日色变得慢。车，马，邮件都慢。一生只够爱一个人。"晨起漫步于竹林，偶然想起这首《从前慢》，竟觉天地有情，万物皆安。竹林深处，有一种江南小巷的深意，光阴穿梭；而我是这人间的悠悠过客，谦卑婉顺，连失意也不敢有。

　　庭园的花，有几枝探出墙外，好似有意在召唤路人，莫要行色匆匆，最美的风景，未必在远方。时光很慢，一生只够邂逅一个人。时光亦很快，春耕秋收，生老病死，就这样过去了。时光很慢，一生只够爱一个人。时光又很快，喝几盏新茶，弹几曲古调，就已是白发苍颜。

　　人与自然万物，皆有一份微妙的情意。过近则失了美感，过远又不够亲密。爱你的人，只需日常简单的相处，一个平实的微笑，亦可山水久长。不爱你的人，纵是说盟言誓，亦薄浅如风，转瞬消逝。

　　从前的日色很慢，从前有云雁传情，锦书难托。从前的人，一生遇不见几个行客，说不上几句情话。可从前的人，阴晴冷暖，悲欢离合，样样皆有，无增减，无缺失。

　　从前的人，心很静，一座庭院，一扇柴门，岁月不分早晚，甚至没有多少故事，没有亮丽的色彩，仅仅是为了简洁的衣食。人间鸳鸯，有欢喜，也有辛酸。男子上山伐薪，或田间劳作，河畔垂钓；女子陌上采桑，竹林拔笋，溪边浣纱。在那古老荒蛮的世界，天下没有动荡，风静日闲，国泰民安。

从前的人，情感朴素，却也有诱惑，会生二心。清代洪昇
《长生殿》有言："从来薄幸男儿辈，多负了佳人意。"男儿的
世界，是迢迢天下，是漫漫河山。天下女子，皆可以是自己的
妻，至于那些一见钟情、不离不弃的，多只是诗文里的故事，不
可当真。

旧时男子多妻妾，是礼制，也为民俗。他们朝秦暮楚，辜负
佳人，是那般理直气壮。或为霸者，有鸿鹄之志；或为寻常商
人，江湖奔走；又或仅仅是布衣，整日吟几句爱恨缠绵的诗，喝
几壶不知名字的酒。在他们心中，唯愿岁岁年年有美人做伴，不
问短长。

这首《江有汜》是一位弃妇的哀怨诗。诗前原有小序：
"《江有汜》，美媵也。勤而无怨，嫡能悔过也。文王之时，
江、沱之间，有嫡不以其媵备数，媵遇劳而无怨，嫡亦自悔
也。"嫡为正妻，媵在古代指随嫁的女子，或指姬妾。

诗中的女子或许是一位商人妇，居江沱一带。那位商人似
乎在经商之处另娶了妻妾，离开江沱返回家乡时，将她无情遗
弃。她心怀哀怨，悲伤不已，借此诗歌释怀，宽慰自己，亦成全
别人。

"江有汜，之子归，不我以。不我以，其后也悔！"她的丈夫当年涉水而来，如今又乘舟悄然离去。江水滔滔，流淌不息，她所爱的人从此不再与她相随。只是，以后那漫长的岁月，没有她的相伴，终有一日，他会心生悔恨。而那时的她，是守着旧日屋檐，将他等候，还是转身而去，做了别人的妻？

"江有渚，之子归，不我与。不我与，其后也处！"江水静流，一如人世风景，安定清和。只是她的爱人已经一去不回，此生再无交集。她不再怪怨，只愿没有她的日子，他亦可以平安喜乐，一世静好。

"江有沱，之子归，不我过。不我过，其啸也歌！"江河有信，送来者，亦送归人。她的爱人，乘舟飘然远去，今生再无重逢之日。在以后没有她的日子里，他人生锦绣，岁月如歌。

宋代朱熹《诗集传》："是时汜水之旁，媵有待年于国，而嫡不与之偕行者，其后嫡被后妃夫人之化，乃能自悔而迎之。故媵见江水之有汜而因以起兴，言江犹有汜，而之子之归，乃不我以，虽不我以，然其后也亦悔矣。"

从前很慢，一生只够忘记一个人。从前很慢，一生只做一件

后悔的事。自古男子对女子亦有深情厚爱，只是经不了时间的冲
洗，受不了情色之诱惑。美人如花，自是赏之不尽，又有多少
人，守着初时之诺，而不动凡心。

元稹有情，写下《离思五首》，悼念亡妻韦丛，抒发其忠贞
不渝的爱情和刻骨铭心的思念，吟唱"曾经沧海难为水，除却巫
山不是云"的千古佳句。后出使蜀地，与才女薛涛相识相恋，海
誓山盟，但终为了所谓的前程，离她而去。自此劳燕分飞，关山
永隔。独留她一人，居于浣花溪畔，自制深红小笺，以诗寄情。

苏轼也有情，他为妻子王弗写下千古悼亡词，哀思深挚，令
人感动。"十年生死两茫茫。不思量，自难忘。千里孤坟，无处
话凄凉。"尽管如此，他的身边，一直有佳人相伴。王闰之用
二十五年的时光伴他宦海浮沉，与之荣辱与共。而他晚年之时，
又有侍妾王朝云红袖添香，陪他朝朝暮暮。

"妾乘油壁车，郎骑青骢马。何处结同心，西陵松柏下。"
西湖苏小小，为钱塘第一歌伎，一生爱好山水。她自制油壁车，
遍游西湖之景。那日，她邂逅了打马而过的少年阮郁，一见倾
心，结了良缘。

不久后，阮郁在京做官的父亲，派人催其返归。他走时，许诺待安定好家事，定当回到西湖，娶她为妻。谁知一别音信杳渺，苏小小情意难忘，唯有西泠的山水，与之同生共死。

当年李甲负心，致使杜十娘含恨沉江。他在烟花巷里，那般温良淳厚，于妓院小楼，和杜十娘山盟海誓。可到底还是薄寡之人，软弱背信，利欲熏心，又怎配得起杜十娘这样刚烈的女子？

纳兰容若曾写《木兰花·拟古决绝词》。"人生若只如初见，何事秋风悲画扇。等闲变却故人心，却道故人心易变。"班婕妤为汉成帝妃，被赵飞燕谗害，幽居冷宫，后有诗《怨歌行》，以闲置的秋扇比喻被弃的女子。

唐明皇与杨玉环曾于七月七日夜，在骊山华清宫长生殿里盟誓，愿世世为夫妻。"在天愿作比翼鸟，在地愿为连理枝。"他当初不爱江山爱美人，可最后为了保全江山，他损了美人。有人说，贵妃之死是个谜。

千年已过，她到底去了哪里，葬身何处，又能怎样？纵然那日不死于马嵬坡，她活着，失去了唐明皇的千恩万宠，她还是贵妃吗？哪怕他用余生所有的时间去忏悔，她心中的伤亦再不能愈合。

卓文君曾写《怨郎诗》："郎呀郎，巴不得下一世，你为女来我做男。"唐人杜牧有诗："十年一觉扬州梦，赢得青楼薄幸名。"宋代王安石有词："无奈被些名利缚，无奈被他情耽搁，可惜风流总闲却。当初漫留华表语，而今误我秦楼约。"这些，不过是一纸文章，读过作罢。

自古情爱之事，认真则伤，淡漠则薄。"人似秋鸿来有信，事如春梦了无痕。"生而为人，只是来世上修行一场，但大多为了衬景。山河照影，不留痕迹，这人间，来过便好。

白茅纯束，
有女如玉

《诗经·国风·召南·野有死麕》

野有死麕，白茅包之。有女怀春，吉士诱之。

林有朴樕，野有死鹿。白茅纯束，有女如玉。

"舒而脱脱兮！无感我帨兮！无使尨也吠！"

帘外风动不止，炉前烟缕不绝，瓶花还在，暗香飘浮。案几上的旧物新宠都还在，还是初时模样，不曾更改。而我明明是这里的主人，却更像一个意外闯进来的过客。坐于竹帘半掩的窗下，喝一盏新茶，内心简净无思，又这般无所适从。

暮春的风光也有一种妙意，不是惊，也不是喜，只觉万物都像修竹,各有傲骨,清平干净;又像莲花,自有贞洁,只能远观,近赏便是唐突。感情便是如此吧,世上男女相悦,有舍有求,有得有失,有聚有散。那些爱得最深的,亦伤得最重;走得最近的,最后离得更远。

到底是庄子逍遥,他道:君子之交淡若水。世间无论何种感情,都当清淡如水——朋友之情,男女之情,乃至父母子女之亲情——如此遇生离死别,便不至于那般悲伤。多少情爱,昨是今非,那么多说盟说誓的诺言,随着漫漫烟尘,说淡就淡了。

对于情爱,我亏欠于人,也被人相欠。此生,唯不负的是梅花,身寄于梅,与之相亲相惜。它开则我生,它落则我死。至于那些虚华浅薄的情缘,不要也罢。可读了许多情词艳句,仍有欢喜,或许这也是女子的柔软之处。写到此时,窗外竟无由落起了雨,轻烟疏淡的庭园,像几千年前有过的那场情事。

"白茅纯束,有女如玉。"我喜《诗经》里写女子的美,天然婉顺,让人肃然起敬。"巧笑倩兮,美目盼兮""有美一人,清扬婉兮""静女其姝"。《诗经》里的女子犹如一块块璞玉,未经雕琢,不染世事;她们美得清正,简单,无胭脂气,只有自然草木的清香。

每个女子都是朴素的草木，或为葛，或为桑，或为桐，或为桃，又或如玉。各有颜色、情调，心思直白，也质朴干净。那是一个荒烟蔓草的年代，男女性情皆简单纯粹，但都是真性流露，又始终保持纯洁。

《野有死麕》是一首纯真的情歌，那时的人与大自然相亲，懂惜物便是惜情。他们的世界有茂林荒草，田畴郊野，以及大自然馈赠的飞禽走兽、原始植物。他们亦懂得借物寄情，不拘于凡俗之礼，内心真善，爱得慷慨、坦荡。

"野有死麕，白茅包之。"这位英勇的男子，踏着朝霞辛勤捕猎，将刚刚打到的獐子细心用白茅裹之，郑重地送给他心仪的姑娘，向她求婚。这位女子恰如白茅一般，纯洁美丽，俭约出尘。

"有女怀春，吉士诱之。"这位年轻的女子恰到了适婚之龄，内心亦渴望嫁得一如意郎君，从此夫妻相敬，平淡度日。男子未娶称士，吉为美、善之意。吉士为英勇的男子，知女儿心意，想要追求她。

"林有朴樕，野有死鹿。白茅纯束，有女如玉。"獐和鹿为旧时求亲必备的礼聘之物。虽不贵重，却真实有情。他亲手猎到的，亦是珍稀。

"'舒而脱脱兮！无感我帨兮！无使尨也吠！'"男子心意坚决，只盼与女子早日成婚，行百年之礼。女子则尚存娇羞，含蓄腼腆。她希望男子莫要心急，待她思虑周全。切不可轻易掀开她的佩巾，亦不要惊动她家的狗。女子期待这个过程从容舒缓，她虽已到婚配之龄，不可久候，亦不肯草率。

旧时男女青年对待爱情自然直白，也朴实率性。他们所求的不过是寻常男欢女爱的生活，做传统的民间夫妻，日作夜歇，相守相伴。那是一个崇尚自然、民俗朴素的年代，男女之间只要情投意合，真诚坦荡，无须拘泥，亦不猜嫌。

山花野草、虫蚁鸟兽可以做聘礼，天地万物、山川日月皆是良媒。择定良辰吉日，拜过天地、父母，自此同住一个屋檐下，朝夕相处，耳鬓厮磨。日子平淡却有情，年年岁岁，重复着一种简单的姿态，春生夏长，秋收冬藏。

《毛诗序》说："《野有死麕》，恶无礼也。天下大乱，强暴相陵，遂成淫风。被文王之化，虽当乱世，犹恶无礼也。"其实这只是青年男女约会，男子急于赠送聘礼，求得女子的欢心，而女子婉言拒之，又怎有"恶无礼"之说？

清代学者姚际恒认为："此篇是山野之民相与及时为昏（婚）姻之诗。"吉士是一位猎人，他用自己的猎物向女子求婚，是乡村适婚男女的自然行为："女怀，士诱，言及时也；吉士，玉女，言相当也。定情之夕，女属其舒徐而无使帨感、犬吠，亦情欲之感所不讳也欤？"

朴实的情感，如花开风动，不须天长地久的誓言，彼此相约有信，自可白头。我喜欢旧时传统的婚姻，并非有多少深情厚谊，却有一种贵重，是万物所不能及。乃至帝王一统河山的气势，都不及男耕女织这般安稳清好。

后来的朝代，亦听过许多男女相欢的故事，更不缺情意深浓的诗词。于我心底，仍爱《诗经》里的纯朴、庄严。"夫者扶也，妻者齐也。"他们的岁月，没有繁华，更无虚浮，于天光云影下辛勤耕织，自给自足，不依附于谁，更没有任何的相扰相争。

"燕赵多佳人，美者颜如玉。"男子如竹，女子如玉。我喜那素雅天然的女子，眉不画而翠，唇不点而红，秀色清颜，冰肌玉骨。她无须有倾国之姿，倾城之貌，只温柔含蓄，柳腰倩影，抵过尘世万千风景。

那时读庄子《逍遥游》，独爱姑射山的神女，吸风饮露，这样的女子不属于人寰。"藐姑射之山，有神人居焉。肌肤若冰雪，绰约若处子。不食五谷，吸风饮露，乘云气，御飞龙，而游乎四海之外。其神凝，使物不疵疠而年谷熟。"

如此仙人，敬重不是，爱惜又不是，她居缥缈云山，来去无踪。远观都不可，莫说近看，真乃不敢亵渎也。如此亦好，神女无心，餐食风露，不染尘事，不惹世怨。她不老不死，不生不灭，日日皆是良辰，处处可见美景。

后来，仍爱百姓闾巷、柴门竹院的女子，布衣轻衫，素姿静态，若出水芙蓉，似天然璞玉，不须雕饰。凡夫凡妇于朴素的日子里相亲相敬，粗茶淡饭，亦有吵闹纠缠，过后依旧是晴天安好。

"白茅纯束，有女如玉。"那英勇的男子，沿袭着远古的民间风俗，用白茅裹好他亲猎的小鹿，赠予那位如玉的女子。如此单纯的思慕、率真的表白，她还有什么理由，再拿什么言辞去委婉相拒？

　　四月里百鸟飞过千山，草木清新苍翠，不染暮色。他们仍在民间，各勤其业，或狩猎，或耕种，或采葛，或织布，爱惜着一衣一物，一情一心。日子舒缓悠闲，却一直在静静地过着。

我心匪石，不可转也

《诗经·国风·邶风·柏舟》

汎彼柏舟，亦汎其流。耿耿不寐，如有隐忧。微我无酒，以敖以游。

我心匪鉴，不可以茹。亦有兄弟，不可以据。薄言往愬，逢彼之怒。

我心匪石，不可转也。我心匪席，不可卷也。威仪棣棣，不可选也。

忧心悄悄，愠于群小。觏闵既多，受侮不少。静言思之，寤辟有摽。

日居月诸，胡迭而微？心之忧矣，如匪浣衣。静言思之，不能奋飞。

孔子说："诗，可以兴，可以观，可以群，可以怨。"当下的人世山川锦绣，城郭繁闹，国泰民安。百姓游春，可以随意往来，不受阻隔。江山红紫，人情物意，都成了诗料。鸟飞山林、鱼戏莲叶、花开有信、闻歌起舞，这是一种慷慨，也是一种清扬，此为兴。

万物立命，天地立心，我当知人间风光，世中滋味。或闹中取静，或忙里偷闲，或欣欣求荣，或淡淡寻清。持身入世，或落于名利之网，不得解脱；或坠于尘缘情海，难以醒转。世间事，天下事，都是这般，来来去去，分分合合。

《汉乐府》有诗："上邪！我欲与君相知，长命无绝衰。山无棱，江水为竭，冬雷震震，夏雨雪，天地合，乃敢与君绝！"虽只是一首民间情歌，其气势奔放，清艳豪情，亦这样惊动人心；指天立誓，以表达其至死不渝的爱情。这深情厚谊，是对人世的肯定，也是对生命的依信。

"春日宴，绿酒一杯歌一遍。再拜陈三愿。一愿郎君千岁，二愿妾身长健，三愿如同梁上燕，岁岁长相见。"再读南唐宰相冯延巳的《长命女》，觉万般情深，亦可以这样明丽清新，婉转含蓄。女子纤柔平实，更有一种忠贞傲骨，胜过男儿。她们的世界，悠然简净，是花开并蒂，也是燕语双飞。

"我心匪石，不可转也。我心匪席，不可卷也。"《诗经》中的句子，读罢有一种深意，觉绵密稳妥，让人内心踏实，不慌乱。所表达的是其坚贞不屈的信念，至死不渝的意志。若磐石，不可转移；若松竹，不可折腰。

当年，刘兰芝投水自尽前对丈夫焦仲卿许下爱情的誓言："君当作磐石，妾当作蒲苇。蒲苇韧如丝，磐石无转移。"为忠于爱情，她不受世俗威逼，宁死不屈。而焦仲卿闻之，自缢于庭树。女子的烈性气节，令人肃然起敬。孔雀东南飞，五里一徘徊。他们的故事是悲，亦是乐。

磐石宽厚庞大，以此喻坚定不移的信念。天地万物，有其深意清明，或柔韧如蒲苇，或坚毅若磐石，或逍遥如鸢飞鱼跃，或婉静若孤梅丛竹。万物之灵，不可言说，有姿态风骨，也有信念气节。以物喻人，借物寄情，一切在于自身的修行、品格、道德以及襟怀。

《柏舟》的写作背景以及所表达的真意，历来争论颇多。《鲁诗》主张此诗为卫宣夫人之作，说："贞女不二心以数变，故有匪石之诗。"

《毛诗序》说："言仁而不遇也。卫顷公之时，仁人不遇，小人在侧。"旨意为男子不遇明君，内心忧虑彷徨而作。不论是妇人之诗，还是贤臣之作，所表达的都是一份忧思，一种节操。而我只当是女子之作，诉其情，喻其心。

"汎彼柏舟，亦汎其流。耿耿不寐，如有隐忧。微我无酒，以敖以游。"诗的起句以柏舟作比，柏舟喻情，漂荡于水中，无所依附，不知归岸。可见诗中女子内心漂泊不安，茫然辗转。耿耿长夜，孤独不寐，心有隐忧，无可排遣。饮酒遨游，或可解忧，但她内心的哀怨，沉重难消。

"我心匪鉴，不可以茹。"其心虽坦荡清澈，又岂能如铜镜那般见心照影？多少忧思愁闷，需要寻个人倾诉，哪怕只分担些微情绪，亦可消解。虽有兄弟手足，却也难以依凭，欲要诉说苦恼，反添了新愁。

"我心匪石，不可转也。我心匪席，不可卷也。"清愁剪剪，难以消除，但内心坚贞若石，无可转移，柔软如席，不可翻卷。雍容娴雅，姿态威仪，自有一种尊严，不肯屈挠。诗中有怨，亦有坚决和果敢，志气和信念。

"忧心悄悄，愠于群小。觏闵既多，受侮不少。静言思之，寤辟有摽。"她忧心忡忡，受制于小人，又无力与之抗衡。患难相随，遭受无数屈辱，满腹辛酸无以言说。静心思量，不免叹息，茕茕无助，惶惶自悲。她虽卑顺柔弱，委屈忍辱，却也有凛然正气。

"日居月诸，胡迭而微？心之忧矣，如匪浣衣。静言思之，不能奋飞。"日夜明暗交替，竟不解人心愁苦。因她无法摆脱困顿失意之境，不能远离世俗的藩篱。但她不因小人倾陷而失了志气，坚守节操，其心不移。她想要追求属于自己的简单幸福，不顾一切拦阻，自由奋飞。

整首诗虽是幽怨之音，凝重又委婉，却亦闻铿锵之语，浓烈而深挚。也许是表达贤臣的爱国忧己之情，受小人之辱，无法施展其鸿鹄之志。又或是表达妇人哀怨刚烈之情，她忧思深重，无处倾诉，却心如磐石，不失女子的气节和风骨。

伯夷、叔齐是商末周初孤竹国人，二人互让君位，避纣投周。后又反对武王伐纣，耻食周粟。隐于首阳山，采薇而食，最后饿死于寒林，埋骨荒山。还有留居于匈奴十九年的苏武，他不受威逼利诱，历尽艰辛，持节不屈。

"臣心一片磁针石，不指南方不肯休。"文天祥是南宋的抗元名将、爱国诗人。他身陷囹圄，仍心向南宋，宁死南归。其爱国之情，让一草一木皆见气势，震撼人心。斜阳满院，暮霭炊烟，先者已逝，历史沉默不言。只是江山浩荡，何曾有过止息？

自古男子虽有豪情壮志，女子的忠烈却从来不输于男儿。"商女不知亡国恨，隔江犹唱后庭花。"这是杜牧的诗，含讥讽之意。他说的是陈后主长期沉迷酒乐，因为美人丢了江山。陈朝亡，然那种旖旎的靡靡之音，仍被秦淮歌女传唱。

他不知，在明末乱世，又有多少秦淮歌伎，英气逼人，比男儿更有骨气。乱世硝烟，侯方域薄幸，将李香君抛掷在兵荒马乱之地，独自逃亡。而香君守着那座荒城，为了当初的承诺，为了这段未了情缘，血溅桃花。她用美人的血，为秦淮歌伎换回了傲骨，换回了尊严。那柄染了美人鲜血的桃花扇，令世间多少男儿惭愧。

柳如是和钱谦益有一段红颜白发的凄美爱情故事。他们居绛云楼，读书论诗，情投意合，亦被传为佳话。明亡，柳如是劝钱谦益殉节，钱不允；柳如是投入荷花池，未死。后钱降清，遭挤被逐回，郁郁而终。柳如是被钱氏家族威逼，心中亦是生无可恋，解下腰间孝带悬梁自尽。世人称之"风骨峻嶒柳如是"。

　　女子的情意，从来都那么端正，不轻薄。我是迢遥岁月里那个迂回往来的过客，感于她们的忠贞、好意。虽不觉可悲，亦不同情，但我深信，她们的爱终会被光阴成全。旧时女子有一种颜色和情愫，是现世女子所没有的，是漫天花雨，是淡淡清风，也是溶溶皓月。

　　"我心匪石，不可转也。我心匪席，不可卷也。"我无艳情雅意，故不须心坚如石，只淡淡欢喜着寻常的物事。但我心底清冽、干净，阅人情，识炎凉；尝世味，知甘苦。于世间，不误花期，不避尘缘，不负众生。

绿兮丝兮，女所治兮

《诗经·国风·邶风·绿衣》

绿兮衣兮，绿衣黄里。心之忧矣，曷维其已！

绿兮衣兮，绿衣黄裳。心之忧矣，曷维其亡！

绿兮丝兮，女所治兮。我思古人，俾无訧兮！

缔兮绤兮，凄其以风。我思古人，实获我心！

　　雨过天晴，庭园如洗。或因年岁增长，我越发地深爱春日的深红浅翠，唯愿于草木中找寻一份宁静，几许淡泊。众生亦如三春的花事，匆匆登场，又匆匆谢幕。来这人世，皆是过客，在一切还未尝尽时便要离开。无论尊卑，不分贵贱，万物起合生灭，亦当平等。

人有悲欢，月有圆缺，古今风物之事大抵相同。自古江山如画，多少英雄豪杰、绝代佳人，亦如明月西楼，灯火过尽。他们隐退了江湖，葬于巍巍青山，秋水斜阳下唯见古墓荒冢。

世景清明，故人远去。幼时的清明，不生怀古幽思，对先祖亦只是心存敬意，少有悲切感念之情。与父兄上山祭祖，不忘赏阅春色，采折山花，或摘些野菜，带回去给母亲制作美食。一家人聚于厅堂，品尝粗茶淡饭，安享乡间岁月的俭朴与安稳。

晚年的李清照有词："风住尘香花已尽，日晚倦梳头。物是人非事事休，欲语泪先流。"那时的她，再无年少时泛舟采莲的心境，经历了国破家亡的风烟动荡，凄凉悲愁落于词中。她在忆人，亦在追思，想当年夫妻情深，赌书泼茶，如今却形单影只，流离无依。

世间一切都是幻象，万般功贵、国色天香，都将随水成尘。但所历之事又都是真的，走过风雨人生，发生过的故事，都将在时光中淡去，直至无痕。今生所有缘分，都有尽时，只是或深浓悠长，或浅淡简短。

读过许多千古悼亡诗，竟不知《诗经》里的《绿衣》是最早的那一首。"绿兮衣兮，绿衣黄里。心之忧矣，曷维其已！"初时不解，以为《绿衣》是写一绿衣女子，碧衫翠袖，于陌上采桑，或睹物思远，或伤春寄情。读罢之后，方知是悼亡追思之作。

唐代孔颖达《毛诗正义》："作《绿衣》诗者，言卫庄姜伤己也。由贱妾为君所嬖而上僭，夫人失位而幽微，伤己不被宠遇，是故而作是诗也。"

先人认为此诗是庄姜失位后的伤己之作。庄姜被认为是中国历史上第一位女诗人，为春秋时齐国公主，卫庄公的夫人。今人则以为是男子的悼亡之作。诗人目睹亡妻遗物，伤情愁苦，记起往昔情意，相敬如宾，更是心痛怅惘。旧物无情，它不解人间怨恨，守着自己的时光，任凭生死聚散。

我亦认为是丈夫悼念亡妻的深情之词，由衣裳而想到制丝，忧思亡妻的贤惠淑德。"绿兮衣兮，绿衣黄裳。心之忧矣，曷维其亡！"穿着亡妻亲手缝制的绿裳，如今物是人非，忧伤成疾，泛滥成灾。往日种种恩情，何时能忘，又如何能忘？

"绿兮丝兮，女所治兮。我思古人，俾无讹兮！"想当年，妻子采桑陌上，养蚕缫丝，于月下穿线缝衫。屋内齐整无尘，锅碗洁净安然，有她在的时候，日子被打理得井然有序。

古人云："家有贤妻，夫无横祸。"妻子在时，他只需要晴耕雨歇，不问衣食，为人处世亦有她多番劝解，少有过失。而今，贤妻亡故，独留他孤身一人，行至水穷处，坐看云起。

"绤兮绤兮，凄其以风。我思古人，实获我心！"他穿着葛布薄衫，凉风入襟，秋意萧瑟，悲恸之情，难以自持。有贤妻的日子，三餐茶饭，四季衣裳，皆为他细心操劳，无有怨言。看着绿衣上绵密的针线，思念妻子的体贴温柔。此番阴阳相隔，今生重逢无期。而他的悲伤，亦如这浩瀚天地，无有穷尽。

妻子深恩，如高山大海，清风朗月，壮阔无私。假如真有来世，自当结草衔环，报之情深。若他果真长情，余生当是绵绵无期的相思与悲恨。若他有一日得了新欢，亦将淡了旧爱，这绿衣或被珍藏于橱柜，或被丢于岁月深处，下落不明。

人间夫妻情缘，亦如梦幻泡影，爱时缠绵不尽，怨时弃如敝履。君子之交淡如水，是否夫妻之情，世间所有的缘分，皆当清淡相处？如此，便可从容自若，无惧离合生死。但这一切，亦非人世的初衷，草木尚有情义，更何况有情之人？

自古男儿多薄幸，深情者亦不少。潘安是天下美男子，于政治官场大有作为，而其对妻子杨氏的一往情深、忠贞不渝，更让人深受感动。

妻子早逝，他未再娶，为她写下悼亡词，流传千古。"岁寒无与同，朗月何胧胧。辗转眄枕席，长簟竟床空。床空委清尘，室虚来悲风。"从此他成了女性心中美好的情人，有着檀郎的美誉。

宋人贺铸写下一首《鹧鸪天·半死桐》，与《绿衣》有异曲同工之妙。"重过阊门万事非，同来何事不同归。梧桐半死清霜后，头白鸳鸯失伴飞。原上草，露初晞，旧栖新垅两依依。空床卧听南窗雨，谁复挑灯夜补衣！"

同是悼亡词，同是对亡妻深切的怀念。梧桐半死，鸳鸯失伴，世间万般景致不复如昨。听夜雨南窗，想起往年妻子挑灯补衣，与之清苦与共，荣辱相随。而今天涯孤旅，魂梦无依，再无人为他织补旧衫，温酒煮茶。

　　清代纳兰公子亦为妻子卢氏写过一首悼亡词。"被酒莫惊春睡重，赌书消得泼茶香。当时只道是寻常。"纳兰公子对亡妻更多的是悔意和惆怅。他追忆在一起的美好时光，酒后春睡，好梦悠长，赌书泼茶，红袖添香，然而昔日那一切寻常之事，今时再难遂愿。

　　纳兰公子生性多情，他对亡妻眷恋难舍，后来又对江南红颜沈宛一见倾心。他本是当朝重臣纳兰明珠的长子，注定荣华显贵，繁花着锦。然他淡泊名利，喜文爱词，诗人云："家家争唱《饮水词》，纳兰心事几人知？"

　　苏轼的《江城子》，元稹的《离思》，都是千古悼亡之诗词。尽管才子身边从来不缺佳人，但往日的夫妻情深，到底深刻难忘。几番思量，浓愁不散，多少惜别伤离，皆因情起。"小轩窗，正梳妆。""闲读道书慵未起，水晶帘下看梳头。"当初的朝夕相见，如今竟是天人永隔，再回首，已是前生之事。

　　她红颜秀色，早归尘土；他两鬓风霜，尚在人间。都说生死有命，时光到底不公。但此番相别，也不过是厅堂与厨下的距离，又或是她去了竹林浣纱，茶园摘茶，又何须断肠伤远！

　　世上所谓的夫妻情深，其实只是一茶一饭的平淡生活。然而有一天，当下的种种，都将成为过往，都要归还给岁月。天地悠悠，无有历史，不见兴亡，寻常百姓的房檐下，依旧是寻常的日子，寻常的两人。

燕燕于飞，下上其音

《诗经·国风·邶风·燕燕》

燕燕于飞，差池其羽。之子于归，远送于野。瞻望弗及，泣涕如雨。

燕燕于飞，颉之颃之。之子于归，远于将之。瞻望弗及，伫立以泣。

燕燕于飞，下上其音。之子于归，远送于南。瞻望弗及，实劳我心。

仲氏任只，其心塞渊。终温且惠，淑慎其身。先君之思，以勖寡人。

　　斜阳荒草，古道黄尘，江水小舟，这一切仿佛都与送别相关。千古离别伤远，皆是寂寞低愁，多少眷恋不舍，那一刻竟无语言表。唯留一个单薄的背影，以及彼此不敢交换的眼神，于风中飘荡，来无可依，去无所寻。

江淹的《别赋》有言："黯然销魂者，唯别而已矣。"于一个漂泊的人来说，此生最怕的便是离别，或是送人，或是远走。聚时欢乐，散时悲凉，其间的酸楚与寥落，唯相别之人所知。人生当真若林黛玉所说那般，不聚不散多好。这样便不至于过于繁闹，亦无冷清。

世间所有情感，皆要付出代价，深莫如浅，浅莫如无。只是人于凡尘行走，又如何能做到花叶不沾身？而我愿以后的岁月，更加自持守己，如此便可省去纷繁的情事，亦免了无谓的别离。

《西厢记》有一段长亭送别："碧云天，黄花地，西风紧，北雁南飞。晓来谁染霜林醉？总是离人泪。"自古伤别，有朋友之别、亲人之别，以及恋人之别。无论是哪种别离，皆令人伤情。只是那许多次的来来往往，到最后，慢慢成了寻常。以为过不去的山水，忘不了的疼痛，有一天，亦是淡若清风。

《燕燕》是《诗经》中极为优美的抒情之作，亦为中国诗史上最早的送别之诗。王士禛曾推举为"万古送别之祖"。轻轻吟咏，燕燕于飞，依依别绪，果真是情意深长，哀婉动人。陈舜百说："'燕燕'二语，深婉可诵，后人多许咏燕诗，无有能及者。"不可及处，正在于兴中带比，以乐景反衬哀情，故而"深婉可诵"。

"旧时王谢堂前燕，飞入寻常百姓家。"见燕子如见老宅，如至故里。燕子守着寻常院落，岁岁年年，结伴远行但不必迁徙。它们可以在寻常百姓家筑巢，双双栖息于白墙瓦檐上，细语呢喃。人处世间，或为功名，或为情爱，或仅仅为简单地活着而出走天涯，经过几程山水，直到看不到炊烟人家。

这首《燕燕》为所谓中国历史上第一位女诗人庄姜所作。《左传》记载："卫庄公娶于齐，东宫得臣之妹，曰庄姜。美而无子，卫人所为赋《硕人》也。"《硕人》是这样描写庄姜的："手如柔荑，肤如凝脂，领如蝤蛴，齿如瓠犀，螓首蛾眉。巧笑倩兮，美目盼兮。"

手如柔荑，肤如凝脂。巧笑倩兮，美目盼兮。这该是怎样的女子才有如此绝代容颜，倾城风姿？庄姜的美，古老而明媚，温润又柔婉，她就这样孤独地美了三千年，与人无尤。

然而这样一位贵族女子，又是诸侯夫人，纵有才情，又怎会有闲心来写民歌呢？庄姜虽美，嫁与庄公后，因无子而失宠。她写诗吟句，亦只是为了消解内心的烦愁苦闷，打发深宫的寂寥岁月。

"燕燕于飞，差池其羽。之子于归，远送于野。瞻望弗及，泣涕如雨。"依稀记得当时远嫁的情景，燕子双飞，自由欢畅，虽安身于寻常百姓家，俭约朴素，却有闲逸的栖身之所。而她远嫁他乡，不知归程，更不知以后的命运。

父王已去世，妹妹今日又要远嫁，手足分离，亦是依依不舍。燕子轻姿曼舞，呢喃低语，不知人间惆怅。深情的兄长相送于郊野路旁，瞻望不见人影，唯泪落如雨，心痛难当。此去万里层云，千山暮雪，虽是有所归依，可到底归依何人？

"燕燕于飞，下上其音。之子于归，远送于南。瞻望弗及，实劳我心。"千里相送，终有一别。这一程又一程的陪伴，更是令人黯然神伤。女子出嫁，虽是人世常理，可这番别离，水复山重，她再不是那个养尊处优、任性洒然的少女了。

"仲氏任只，其心塞渊。终温且惠，淑慎其身。先君之思，以勖寡人。"她不仅温和恭顺，为人又贤惠善良。执手临别，赠言勉励，莫忘先王的嘱托，成为受百姓拥戴的好国君。这女子貌美尊贵，又贤德宽厚，成为千古女性的典范。

庄姜盛妆嫁给昏庸的卫庄公，纵是婚姻不幸，她亦不愿谄媚庄公，便独守深宫，以诗歌寄托哀思，淡看人间冷暖。她典雅高贵，贤良端庄，又才情非凡；但到底红颜薄命，此生不遇良人，唯与寂寞相依到老。

美人会老，那如柔荑般纤细柔软的手、凝脂的肌肤以及含情浅笑的美目，终会消逝。但庄姜的美被封存在时光深处，写入三千年前的诗卷里，被世人敬爱亦珍惜。此后，再多美好旖旎的词句，都无法歌咏她的美。

燕燕于飞，下上其音。仿佛又行走在离别的路上，马车缓缓，佳人非昨。那年的燕子不知飞去何处人家，那年的新娘已将宫廷的黄昏坐断。后来，又有无数人在这郊野荒径送离，只是那么多的聚散悲欢，冷暖故事，都被时光淹没，了无痕迹。

想起《红楼梦》中探春远嫁伤别，与此番景象有几许相同。"一帆风雨路三千，把骨肉家园，齐来抛闪。恐哭损残年，告爹娘，休把儿悬念。自古穷通皆有定，离合岂无缘？从今分两地，各自保平安。奴去也，莫牵连。"

女子的一生到底是有这么一场别离。或喜或忧，是福是祸，皆有安排。庄姜不幸，嫁与卫庄公，辜负了好年华。然而千古第一才女李清照，嫁得如意郎君赵明诚，一起收集金石字画，烹茶作词，夫妻恩爱，情深似海。到最后亦躲不过离散的宿命，赵明诚死，李清照晚景凄凉，划着当年的兰舟，无处归依。

古人惜别，送至长亭古道，折柳相赠，热泪沾巾。白居易有诗："又送王孙去，萋萋满别情。"而柳永的《雨霖铃》更是让人魂断神销："多情自古伤离别，更那堪、冷落清秋节。今宵酒醒何处？杨柳岸、晓风残月。此去经年，应是良辰好景虚设。便纵有千种风情，更与何人说。"

是啊，纵有千种风情，更与何人说？人的一生，有多少次相聚，往往就有多少次离别。只是终有那么一次远行，此生再无重逢之日。这共同走过的人间岁月，这一起爱过怨过的红尘，有一天都要忘却。

人世悠悠，漫漫远意，亦如历史的古道，从秦汉到魏晋，从唐宋到明清，千年风景，千年故事，不过是一场又一场的送别。

三千年前的燕子，依旧在百姓堂前，双飞双栖。三千年前的佳人，如暮春的花开，亦还闻得见其香气。而我只是千年后台下的一名过客，待台上的人将戏唱完，便散了，送别亦是多余。

莫往莫来，
悠悠我思

《诗经·国风·邶风·终风》

终风且暴，顾我则笑。谑浪笑敖，中心是悼。

终风且霾，惠然肯来。莫往莫来，悠悠我思。

终风且曀，不日有曀。寤言不寐，愿言则嚏。

曀曀其阴，虺虺其雷。寤言不寐，愿言则怀。

山河会为谁而增色吗？日月会为谁而添光吗？万物会因谁而
有情吗？不，这世间众生芸芸，虽说每个人都有其使命和珍贵之
处，但皆是可有可无。日月山川并不会因为谁而更改颜色，走过
的光阴，发生的事，有过的情，都无可逆转。

我心匪石，不可转也　我心匪席，不可卷也

　　一夜的雨，醒来犹如置身烟雨中，也不知哪个朝代，哪个时令。庭中草木繁盛，惹来燕子筑巢，时闻燕语呢喃。人说，此为吉，家宅平安之意。我虽为主人，竟也是飘蓬流转，隐身于此，说避世，实则入世，说断情，却总生情。这般匆匆来过人间一场，与草木无异，和燕子无别。

　　那日，宝玉去潇湘馆，至窗前，觉得一缕幽香从碧纱窗中暗暗透出。耳畔忽听得细细地长叹了一声道："'每日家，情思睡昏昏。'"原来是黛玉春困忘情，无意吟读《西厢记》里崔莺莺对张生所说的词句。宝玉知她心意，内心亦是翻涌。

　　随后，紫鹃给他沏了一碗茶。宝玉感其贴心，笑道："好丫头，'若共你多情小姐同鸳帐，怎舍得叫你叠被铺床？'"词句亦为《西厢记》里张生对红娘说的话。那年黛玉葬花，宝玉携了《西厢记》和黛玉于落红阵里共读，惹得闲愁万种，情思缠绵。

　　宝玉说女子是水做的骨肉，看了便觉得清爽。于他心里，女子皆是冰肌玉骨，清澈洁净。他对女子温柔体贴，细腻多情。哪怕是身边一个微不足道的丫鬟，他亦是百般怜惜，不肯委屈。

宝玉整日游走于大观园，是百花丛中的一草。这株草仙骨不凡，与世间寻常男子不同。他是神瑛侍者转世，到人间历劫，投身于温柔富贵乡，做了一场黄粱美梦。这样一位柔情男子，非世间须眉浊物所能及，但他对黛玉，到底算是辜负。

深情莫如浅爱，每个人用情方式不同，得失便不同。男子的爱，仓促烦急，难以久长。女子的爱，深稳缓慢，细水长流。女子在爱的人面前，始终都是理直气壮、无畏无惧；因为她爱得真，爱得纯，不躲闪，不思虑。她的付出，值得让人爱惜，亦敬重，但懂得的人太少。

《诗经》有言："终风且暴，顾我则笑。谑浪笑敖，中心是悼。"窗外大风狂暴，触目惊心。而男子对她，总是戏谑纵情，狂放嬉闹。如此傲慢无礼，让她忧心亦寂寥。女子生情，男子的蛮横无理，她亦可以忍受，却不能忍受他的无情背弃，以及那漫无天日的等待。

"终风且霾，惠然肯来。莫往莫来，悠悠我思。"狂风肆意，扬起了尘埃。她独守屋舍，不知他是否愿意归来。那次别后，杳无音信，相见遥遥无期，百般思念，明灭难消。男子负心，他此时身寄何处，留恋何人，竟如此冷漠待之。女子痴心，知他放纵不羁，仍一往情深守候。

"终风且曀，不日有曀。寤言不寐，愿言则嚏。"狂风倨傲，铺天盖地，日影迷离，漆黑茫然。长夜漫漫，独她清醒，坐于孤灯下，难以入眠。一个人，日夜忍受相思熬煎，无人倾诉，亦无处言说。就连风露亦将她欺负，心事恍惚，不知何时休止。

"曀曀其阴，虺虺其雷。寤言不寐，愿言则怀。"日色阴沉，暗淡无光，雷声阵阵，地动山摇。梦里几番辗转，醒后再不能入睡。这排山倒海的相思，该如何排遣？那个途经我时光的人，是否亦会偶尔想起我？

女子的心思，若这狂风暗日，不得舒展。她于绝望中徘徊，深知日夜等候终是无望，仍不肯断痴。多少次转恨为念，对这负心之人，始终存有念想，盼他有悔悟之心，归来与她重修旧梦。只要他能回头，过往所有的忧惧和悲伤，都是值得的。

她之心境，若这险恶的自然。没有春光明媚，星辰静好，而是狂风疾走，尘土飞扬，日月颠倒，雷声浩荡。若他顺心回来，纵如从前那般蛮横粗鲁，又有何妨？只要他在，日子便有乐有净。

《毛诗序》说："《终风》，卫庄姜伤己也。遭州吁之暴，见侮慢而不能正也。"它认为是庄姜遭庄公宠妾之子州吁欺侮而作。然而，这只是一篇弃妇诗，一位民间痴情女子受到丈夫的戏谑，之后又遭抛弃的命运。一切与庄姜无关。

古来弃妇之作很多。女子本温柔多情，循规蹈矩，却要忍受丈夫的冷言嘲弄。纵是丈夫背信弃义，仍要忍气吞声，婉言相劝，盼着他可以回心转意，不计前嫌与之同修旧好。心有怨恨，却不哭闹，守着那片小小天地，等待那个也许一去不复返的人。

也曾做过新妇，有过恩情，执手看过月亮，许过盟约。嫁为人妇，每日辛勤劳作，织布制衣，煮茶炊饭，温顺贤良。原盼着与丈夫同食同住，同心同德，创建美好家园。修一篱院，种几畦菜，养些牲畜，日子平淡安稳，无惊涛骇浪。

"焂其啸矣，遇人之不淑矣。"谁不希望此生遇良人知音，免去疾风骤雨？且不要那封侯拜相，也不要万贯家财，只愿岁月有情，天地安好。百姓的日子，清淡的年光，不紧不慢地过着。

　　男子伐薪于山林幽谷，女子采桑于春风陌上。远方的云，近处的水，有人放马于翠柳湖畔，有人牧牛在桃林郊野，有人浣纱于竹林浅溪。寥廓的天空下是一幅简约宁静的画，风致古朴，有着万物的慈悲。

　　"莫往莫来，悠悠我思。"我喜欢这两句诗，有佛性。天地本清澈，山川草木皆是佛声，微尘亦知随喜，来来往往，都有际遇。人生难免有劫毁，有幻灭无常，但千年光阴已过，风日尚好，物我都在，一切相安无事。

　　都说，弱水三千，我只取一瓢饮。如今，我饮罢千江之水，这欠下的情缘宿债，又该用什么来偿还？又或是被人许诺过白头，再被辜负，亦不觉背弃。男女姻缘，亦如江山之争，有成有败，成者自是风光无尽，败者亦可静守晨昏。

　　情缘之事，不可强求。女子如颜色，梅花梨花是白，桃花杏花是艳。有人喜浓烈，有人喜清淡。婚姻亦可拣择，规避。弃妇虽凄凉，却也无须别人同情，只因她眼里、心里，所见的只是那一人。为之，她可生可死，可忍受他的蛮横糊涂，可不要了自己。

天意弄人，荡荡风日，惊动一代人，一切物。几千年来，演绎着相同的风花雪月，只是主人不同，故事和心情所以不同。我总是这样无由地闯入别人的世界，又无事一般来去，看悠悠悲喜，淡淡离合。

中心是悼，愿言则怀。

卷三◎死生契阔，与子成说

执子之手，与子偕老

—三千年前那朵静夜的莲开—

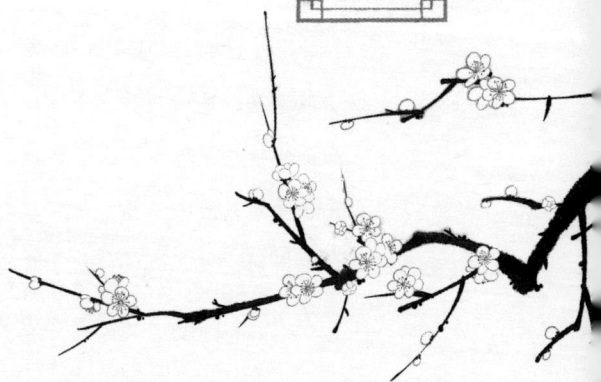

死生契阔，与子成说

《诗经·国风·邶风·击鼓》

击鼓其镗，踊跃用兵。土国城漕，我独南行。

从孙子仲，平陈与宋。不我以归，忧心有忡。

爰居爰处？爰丧其马？于以求之？于林之下。

死生契阔，与子成说。执子之手，与子偕老。

于嗟阔兮，不我活兮。于嗟洵兮，不我信兮。

几场春雨，庭园花事落尽，草木青翠深浓，只觉人世日子悠长，无急景萧瑟之感。雨日行人稀疏，门庭深掩，各自守着简净的日子，平凡安稳。打理屋舍，割舍繁碎之物，一如心境，素淡直白。

室内茶烟氤氲，飘荡着草木的气息，雨日闲静，人亦清好无争。想起《红楼梦》里黛玉有诗："盛世无饥馁，何须耕织忙。"如今，我虽置身于红尘深处，却亦是清宁盛世，过着寻常百姓的恬淡日子，怎敢说不好？

想当年，寂静山村，这时节亦是烟雨漫天。农人趁晴好之日采桑采茶，雨日则在廊下晒桑，或于堂前炒茶。烟雨从天井下落，无声又似有声。整个村落的人明明在繁忙，却又那般安静。而我愿一生落于这样的小户人家，不出远门，无伤情忧念，也不惊动山河。

那些兵荒马乱的时光，真的远去了。岁月的浪花，淘尽了英雄豪杰。秦时明月汉时关，都成了渔樵闲话，时间久了，竟分不出真假。王翰《凉州词》曾写："葡萄美酒夜光杯，欲饮琵琶马上催。醉卧沙场君莫笑，古来征战几人回。"

是啊，古来征战几人回，多少依依送别，此去人间竟无归路。唐代曹松有诗："凭君莫话封侯事，一将功成万骨枯。"那么多英魂，归不了故里，历史无言，没有谁记得他们。所能留下的，不过是斜阳衰草，几座荒冢，以及掩埋在黄尘下，那些永远见不到天日的枯骨。

　　纵算侥幸归来，封侯拜相，青云直上，官宦之路又不知要经历多少起落浮沉。最终告老还乡，居于旧宅，门庭冷落，唯留风霜满面的老妻，陪他朝饮暮歇。听屋檐上鸟雀鸣叫，看春杏斜过墙院，再无心打听任何与战火相关的消息。

　　初读《诗经》里的"死生契阔，与子成说。执子之手，与子偕老"，以为是一首纯粹的爱情诗，两个热恋中的男女，于花前月下说盟说誓。天地有情，相爱之时，遇乱世硝烟，疾风骤雨，都可敞亮明媚，毫无慌乱，也无悲意。可叹人世称心之事太少，多少平静和悦，都抵不过流年的摧毁。

　　后来才知道这是一篇远古的战争诗。《毛诗序》："《击鼓》，怨州吁也。卫州吁用兵暴乱，使公孙文仲将而平陈与宋，国人怨其勇而无礼也。"

　　诗歌产生的时代背景为鲁隐公四年（公元前719年）宋、陈、蔡、卫联合伐郑，这场统治阶级间的权谋利益之争，给参战的士卒带来了莫大的困苦与灾难。士卒抵触无休止的战争，悲叹征役无归期。他们在内心深处渴望过真实而朴实的百姓生活，守着爱人，执手偎依，相看白首。

"击鼓其镗，踊跃用兵。土国城漕，我独南行。"起句写卫人救陈，平陈宋之难，叙卫人之怨。战鼓声声，士兵拔剑起舞，内心虽叹怨征战之悲苦，但不输斗志。有人修路筑城墙，虽亦是劳役，到底在城池之内。独我从军至南方，途中的艰辛与险恶自是难以言喻。

"不我以归，忧心有忡。"年年征战，令人慌惧难安；如今身在异国，远离亲人故土，迟迟不得归去，更是忧心忡忡。"爰居爰处？爰丧其马？于以求之？于林之下。"征人失马，无处可寻。就连战马亦厌倦了战乱，愿归山林，隐于世外，更何况人？

《庄子》说："犹系马而驰也。"世间良驹皆是潇洒奔放，不受羁绊。或随高人，休憩于柳岸水畔；或遇伯乐，驰骋于万里河山。而征人亦是如此，他们不愿久役战场，唯盼归去田园，清守柴门茅舍，辛勤耕种，安居乐业。

半生戎马，半生烟火，他们早已厌倦这种朝不保夕的生活。将士厌战，并非懦弱，惧怕死亡，而是在他们心底有对妻儿的绵绵牵挂。他们并无收复山河的霸气，亦无坐拥天下的雄心，也不要荣华富贵，只愿一生清贫安乐，骨肉团聚。

　　"死生契阔，与子成说。执子之手，与子偕老。"这几句流传千古的诗文，成了对世间男女情缘的最美祝福。那时的士兵，一同征战沙场，并且立下誓言，生死与共。刀光剑影本无情，他们不知，哪一天，谁就会身首异处，葬身荒野。只怕任何一次分离，此生再无缘相见。非他不守信约，奈何生死有命，几时由得人做主？

　　又或者，他们在荒凉的郊野，想起新婚的妻子，想起当初旧窗烛影下的海誓山盟。此刻的她，是拿着针线，守着熟睡的稚子，还是倚着门扉，望断天涯路？这漫漫征程，到底有无尽时？纵有，那时的他怕已是一堆枯骨，魂魄难归。

　　而当初"执子之手，与子偕老"的心愿，终将化作虚无。非他背叛了誓言，奈何军令荡荡如天，不可抗拒。多想脱下征袍，放养战马，做个布衣，粗茶淡饭，和妻子采桑养蚕，种豆南山。如此，方不负初时之诺，不枉这多年的烽烟冲洗。

　　保家卫国，虽是男儿本色，只是这连绵不断的战争，带给他们的是流离和死亡，是忧患和苦难。他们只是寻常百姓，安于民间的清平，不为封侯，不羡功贵。成王败寇与他们何关？千古兴废又与他们何干？

元代张养浩有词："伤心秦汉经行处，宫阙万间都做了土。兴，百姓苦；亡，百姓苦！"乱世之中，何来真正的安稳？平凡百姓，卑贱如蝼蚁，他们无法掌握自己的命运，唯有听命于王者的安排。他们之心愿，那般渺小若尘，愿与一人白首，如此而已，竟成了幻梦。

"黄尘足今古，白骨乱蓬蒿。"王者的兴衰，关系着他们的喜悲，这庄严的人世，因为一场战火而烽烟不止。千百年来，战马奔驰过的古道，多少黄尘飞扬，又有多少人一去不复返。留下森森白骨，葬于荒野，无人收管。他们征战厮杀，又岂是为了万顷河山？所求的，到底只是亲人的安康太平。

人生百年，不过一瞬，诺言很美，终是匆匆。当年曹操和刘备青梅煮酒论英雄，今时的赤壁古战场，早不见金戈铁马。时光浩荡，多少前尘往事，都被洗劫一空。天下本是天下人的天下，又何须浴血争夺？放下刀剑，世上本平静安详。

何其有幸，当此盛世年光，江山瑰丽，无有兵气。独自饮一壶春茶，看花雨满天，连闲愁都是美好的。虽为女子，亦无须谦逊，研墨铺纸，歌咏岁月风流，人间繁华。

　　佛经云："由爱故生忧，由爱故生怖；若离于爱者，无忧亦无怖。"佛的世界，无战乱硝烟，无流离悲苦，寸寸无尘，步步生莲。奈何，人生有爱，便有挂碍。纵处稳妥现世，"执子之手，与子偕老"之心愿，亦是难求。

　　南唐后主李煜有词："林花谢了春红，太匆匆，无奈朝来寒雨晚来风。胭脂泪，留人醉，几时重？自是人生长恨水长东。"说的不正是当下光景？爱到最后，是修行，亦为境界。

静女其姝，
俟我于城隅

《诗经·国风·邶风·静女》

静女其姝，俟我于城隅。爱而不见，搔首踟蹰。

静女其娈，贻我彤管。彤管有炜，说怿女美。

自牧归荑，洵美且异。匪女之为美，美人之贻。

静女其姝，说的是文雅柔婉、温顺美好的女子。她也许没有绝代之姿，倾国之容，更无妖娆妩媚之色。但她正值妙龄，只需要一个浅淡的背影，或莞尔一笑，便足以倾倒山河，令人铭心不忘。

世间女子都有一种美，但这美唯有喜爱你的人可以看到。他会觉得眼前的这个女子便是江山。秦汉霸业，唐宋风流，都不在意，连男儿的大志也可以不要，只愿和她做一对人世夫妻，看山看水，欢喜不尽。

然再美的女子，再清丽的容颜，都将老去。岁月滋养过许多人，亦伤害了许多人，你和我，会同那些走过的先人一样，成为历史。自然万物皆有心，只是有些微薄怯懦，缺了从容的底气；有些明净旷达，潇洒自如。

我用千年修行，换得女儿身，又将用此生修行，换取来世之愿。做一株山野梅花，如此再不惧尘风世浪，无谓离合悲喜，或荣或枯，都安然物外，不受惊扰。所有的含蓄矜持、清冷孤绝，只为了阻挡外界的纷纭，以及无常世事。

如今妙年早已远去，往日的爱恨，与诗相关的梦想，所剩无几。许多事再不做，当真是要来不及了。许多人被扫落在记忆的尘埃里，今生怕是相见无期。不见又如何，我亦不是当年的静女，再无初时的心情。此生若与某个故人有缘重逢，也许相见无语，转身离去。

《诗经》里的《静女》写的则是男女青年的幽期密约，说的是久远的故事，写的是寻常的爱情。欧阳修《诗本义》以为"此乃述卫风俗男女淫奔之诗"。《诗经》本是民歌，所述的亦只是平凡的哀乐。虽平常无奇，却也朴实自然。

想起秦少游的词："两情若是久长时，又岂在朝朝暮暮。"民间有传说，牛郎与织女一年一度七夕相会。迢迢银河，阻隔了这对有情的男女，但他们的爱情忠贞不渝，千百年演绎着别离和重逢，早已无谓长相厮守，朝欢暮乐。

《静女》该是三千年前最早的约会诗。世间男女相爱相悦，他们之间有一种私密，唯彼此懂得其间的快意和惊喜。相见时，心情如春风春花开不尽，言语亦有海棠气息，温软多情。这是一场美丽而神秘的约会，男女之情，也是一种信念，因有了寄托，才愿修身。把最好的自己，给最美的爱情。

"静女其姝，俟我于城隅。爱而不见，搔首踟蹰。"那一日，当是风光旖旎，红尘紫陌行人来往不歇。那位安静文雅、美丽多情的女子，说好在城边的一隅将我等候，又为何有意藏隐，让我独自踟蹰徘徊？

"静女其娈，贻我彤管。彤管有炜，说怿女美。"这位娴静端雅的女子，赠我一支彤管。这彤管有一种明媚的清光，我爱其娇俏的颜色，一如你的模样。彤管是何物？有说是红色的管乐器，也说是古代女史用以记事的杆身漆朱的笔，亦有说是一种红色的小花朵。

"自牧归荑，洵美且异。匪女之为美，美人之贻。"这女子曾从郊野采来茅荑相赠，荑草美好亦珍稀。然而荑草虽美，到底只是草木，何以寄情知心？只因是美人相赠之物，方有了爱意和温情。但凡为她所赠，哪怕是一草一纸，亦有千钧之重。

她美好多情，几番相赠的情义，令其深为感动。他不惜言辞赞赏，流露出对静女的爱恋之情，亦毫不掩饰内心的幸福。此刻的他们，当是微风细雨两相欢，而有朝一日，也可能是落花流水两无情。当下，便是他们的地老天荒。

自古男女定情，或朋友之谊，皆借物相赠，以表真心。南朝宋陆凯《赠范晔》有诗："江南无所有，聊赠一枝春。"他们或摘梅折柳，或赠予金石之物，不分贵贱，只论心意。

《红楼梦》里柳湘莲曾以祖传鸳鸯剑作为定礼，托付给尤三姐。后柳湘莲心中疑惑，误以为尤三姐是品行不洁之人，欲索回定礼。尤三姐一番痴情，被其辜负，在退还鸳鸯剑之时，伤心自刎。

柳湘莲方知她是贞洁刚烈之女子，无奈大错酿成，悲恸大哭。之后，挥剑斩断万千烦恼丝，随了瘸腿道士，出走红尘，飘然远去。

这莺歌燕舞的人间，男欢女爱本就寻常，可因尘世俗礼，而有了牵绊。有情者，必有所碍。纵是相爱相知，也到底会有嫌隙，好梦难圆。宝玉和黛玉前世因缘，今生所钟，他们也算是才貌相配，门当户对。多年缠绵爱恋，也终未修得正果。她回归天界，做她的花神；而他抛弃荣华，流转天涯。

黛玉爱读《西厢记》，但觉得词句警人，余香满口。也是，那"花落水流红，闲愁万种，无语怨东风"足以令人心动神摇。她爱的又岂止是书卷中的文辞佳句？她羡慕莺莺敢于冲破世俗的礼教，与书剑飘零的张生相爱。而她钟情于宝玉，却被囚禁在潇湘馆，与几竿修竹诉说心怀。寄愁思于诗文，以血泪报恩还债。

那日听琴后，张生多日不见莺莺，害了相思。趁红娘探病之时，托她捎信给莺莺，莺莺则回信约张生于月下相会。"待月西厢下，迎风户半开。拂墙花影动，疑是玉人来。"

那夜，莺莺在后花园弹琴，张生闻琴音赴约，欲与佳人相见，翻墙而入，莺莺心有惶恐，又怪他行为下流，发誓不见，致使张生相思病重。

莺莺又借探病为由，到张生房中与其幽会。莺莺之心可谓千回百转，亦为此整日神情恍惚，茶饭不思。"莫负月华明，且怜花影重。"作者之心意，是愿普天下有情人终成眷属。

汤显祖的《牡丹亭》也有过这样一段美妙的幽会。处在深闺之中的杜丽娘，由《诗经·关雎》而伤春寻春，在后花园中，恍惚梦见一俊朗书生持柳前来求爱，两人在牡丹亭畔，太湖石边幽会。

"则为你如花美眷，似水流年……"此番际遇，温情缱绻，杜丽娘愁闷消瘦，相思成疾，一病不起。她请求母亲把她葬于梅树下，嘱咐丫鬟春香将其自画像藏在太湖石底。几年后，柳梦梅于太湖石下拾得其画像，知杜丽娘便是他魂牵梦萦的佳人。

杜丽娘魂游花园，和柳梦梅再度幽会。柳梦梅掘墓开棺，杜丽娘起死回生，两位有情人，结为尘世夫妻。汤显祖在该剧《题词》中曾有言："如丽娘者，乃可谓之有情人耳。情不知所起，一往而深。生者可以死，死可以生。生而不可与死，死而不可复生者，皆非情之至也。"

宋人欧阳修的《生查子》有句："月上柳梢头，人约黄昏后。"仿佛千百年来，那么多痴男怨女，穿越了苍茫人世，携手逶迤而来。他们因爱，可聚可散，亦可生可死。

静女其姝，俟我于城隅。光阴流去无声，想来当年的男子，应该在城边的一隅等到了多情的静女。那瞬间的回首，当是一顾倾人城，再顾倾人国。

唯愿人间有情，岁月不老。愿每个人在似水年华，都有一场"游园惊梦"。

子之清扬，扬且之颜也

《诗经·国风·鄘风·君子偕老》

君子偕老，副笄六珈。委委佗佗，如山如河，象服是宜。

子之不淑，云如之何！

玼兮玼兮，其之翟也。鬒发如云，不屑髢也。

玉之瑱也，象之揥也，扬且之皙也。胡然而天也！胡然而帝也！

瑳兮瑳兮，其之展也。蒙彼绉絺，是绁袢也。

子之清扬，扬且之颜也。展如之人兮！邦之媛也！

"试问闲愁都几许？一川烟草，满城风絮，梅子黄时雨。"时四月过半，天气暖和。窗外落花遍洒，芳雨亭台，飞絮纷纷，飘然胜雪。残余的春景，亦在飘飞的白絮间，隐隐不见。

唯有闲愁几许，留在落英缤纷的石阶，微风细雨之间，无端招惹归堂之燕，愁损卷帘之人。繁花似锦，一旦开到荼蘼，春事便尽。

能与一人，倚一片山水，守一世白头，是我此生所愿。然而我之更喜，是诗书画意，琴韵禅茶。曾于匆匆流年中，错过了彼此；回念之时，亦无遗憾可言。芳华去尽，红颜渐老，换回了数盏茶，几卷书。如若可以，我愿守在梅庄，吃一生茶，写一世书，不再过问人间情事，柳艳桃红。

以前只觉人生就像一卷宋词，清丽婉转，到底多情，亦只为情。后又觉人生像一册唐诗，看惯风云变幻，竟也豪迈从容。而今心事简约，朴素无华，却喜读古老的《诗经》。从来风景佳绝处，还是民间的好。物意人情，衣食住行，亦是百姓的真实亲近。

"君子偕老，副笄六珈。委委佗佗，如山如河，象服是宜。"《毛诗序》云："《君子偕老》，刺卫夫人也。夫人淫乱，失事君子之道，故陈人君之德，服饰之盛，宜与君子偕老也。"卫宣公夫人宣姜，本是卫宣公之子伋的未婚妻，却被卫宣公霸占，后又与庶子顽私通，可谓甚不检点。故文中以"君子偕老"开篇，又以"子之不淑"收句，竟是这般不留情面。

昔汉武帝时期，有个宠臣李延年，知音律，善格律，颇得武帝之心。每为曲子，闻者莫不感动。有一次，李延年起舞歌道："北方有佳人，绝世而独立。一顾倾人城，再顾倾人国。宁不知倾城与倾国？佳人难再得。"武帝闻歌，心生怜意，问世上可有此人。平阳公主说出了实情，乃李延年妹妹。于是武帝因歌思人，召见了她，并多宠幸。

诗中这位卫国夫人，也是世上佳人，颇有姿色，细品诗文，即可美到心醉。且不说她姿态雍容，如山如河，衣着华贵，环佩叮叮；仅从容貌来讲，素颜清姿，国色天香。正如文中所说："展如之人兮！邦之媛也！"姿容妖冶，妩媚无比，仪态万方，又楚楚可人，可谓倾国倾城之貌。

古来描写女子容貌衣着的文字不少，《诗经》中除了《硕人》之外，这篇亦是别具一格。"鬒发如云，不屑髢也。玉之瑱也，象之搋也，扬且之皙也。胡然而天也！胡然而帝也！"鬓发之间，黑亮无比，犹若云霞在天，舒卷有度。形貌灿烂，无须装饰，即为丽色天然，人间尤物。恍若仙子下凡，天女下界。

"胡然而天也！胡然而帝也！"此二句对后世文字影响深远，《洛神》借之用神，《离骚》借之引韵。宋玉《神女赋》中描写神女之词："奋长袖以正衽兮，立踯躅而不安。澹清静其愔嫕兮，性沉详而不烦。时容与以微动兮，志未可乎得原。意似近而既远兮，若将来而复旋。"亦算是借题细写，将神态描得到位。近如花临素月，远如浮霭飘香，百赏不厌，非人间词笔。

曹植《洛神赋》，亦描绘出一位绝色神女。"其形也，翩若惊鸿，婉若游龙，荣曜秋菊，华茂春松。仿佛兮若轻云之蔽月，飘摇兮若流风之回雪。远而望之，皎若太阳升朝霞。迫而察之，灼若芙蕖出渌波"，及到"体迅飞凫，飘忽若神。凌波微步，罗袜生尘"，则是尽挥八斗才，落笔散珠玉。

除了古代文学中的神女，呈弄姿采，亦有各种词笔，描绘世上佳人，人间丽色。宋玉《登徒子好色赋》中写道："东家之子，增之一分则太长，减之一分则太短；著粉则太白，施朱则太赤。眉如翠羽，肌如白雪，腰如束素，齿如含贝。嫣然一笑，惑阳城，迷下蔡。"描写了一位佳人——东家之子，她的容貌已经美到绝妙，不须任何修饰，任何脂粉，即如天际明月，光洒庭楼，韵满花树。

中国古代留名之佳人，以四大美女为最。她们貌美如花，却多命运坎坷，恍若春花一瞬，凋谢无常。无论以哪种姿态经过，都为世间留下惊艳一笔，令人赞叹，亦萦怀。

苏轼有句："欲把西湖比西子，浓妆淡抹总相宜。"是赞美西子，或赞美西湖，又或二者本即形神相当，谁又知得。更有李太白得睹贵妃颜色，写下《清平调》三首。"一枝红艳露凝香，云雨巫山枉断肠"，隐情入句，留作一世相思。

"美人自古如名将，不许人间见白头。"那些惊艳了人间的丽色，或多情薄命，为俗世所累；或疾病随体，风剪了玉芙蓉；或飘零千里，形影孤单，再寻不着一亲半故，直到孤芳陨落，玉骨成尘。

也许，是命运怕世人见不得美人迟暮，秀姿凋零，亦见不得名将身残，形如老骥，故早为凋零，以除此恨。也正是这样，才有了杜工部"出师未捷身先死，长使英雄泪满襟"的慨叹。

赏花，须赏花之半开；写文，当写意之未尽。于春光乍暖之时，走过亭台栏杆，去赏一林花事，万千幽朵未开，尽数含苞，枯枝苍黄间，犹然缠绕着残余之冬韵，则是春思太淡，不足为观。

待花事过半，万朵千枝，恍若彩瀑赤流，紫云粉雾，则太过繁盛，入眼又俗。及一时疾风起处，落花淋漓，锦瓣翩飞；再看花时，唯多伤春情绪。大概也正是这般，于花之半开，赏过几回，垂下帘栊，直到春风渐远，再去回味春事，独得妙处。

世间每位女子，都有自己的最美年华，姣好容貌，亦有一段如花心事，儿女情长。能把最好的自己，给最爱的人，对影花烛，为人间乐事。至于之后的悲喜，是否有无常变数，命运皆有安排。

此诗中的宣姜，空有花容月貌，竟无贤淑之德。虽嫁入卫国，却是乱了宫闱。文中锦词尽妙，布篇有度，可谓写到惊艳。然而越是貌美如花，气质出尘，越让人体会到她之短处，有失妇德。

人与人之间，多以外貌，以言语，以假象迷惑、遮掩。许多人暗藏锋芒，心机至深，令人难以捉摸。听惯了甜言蜜语，再听不得逆耳忠言；看惯了和颜悦色，自许不得冷脸苦劝。故能于人海中，得一诤友良朋，亦是大幸，须倍惜之。

都说一个人的气质里，藏着他读过的书，走过的路，看过的景。亦有那句"腹有诗书气自华"，与之遥相呼应。任你容颜绝代，衣着锦丽，终会化成枯尘。唯美妙静雅的灵魂，可以让人赏心悦目，旷然神怡。

当一人雨中灯下，读出文人墨客留在字句间的清雅时；或是春朝夏暮，听出乐师琴人留在弦徽间的清宁时；又或是于宣纸桌案上，品味出画韵间的情长，山水中的旷放，结字间的精神时。心神亦与之消融一处，缠绵萦绕，共鸣不已。

唯有这些存于灵魂间的美妙清音、至雅情怀，超越了佳颜秀色，为世之珍奇。女子之美，当是温婉和顺、含蓄柔情、贤良淑惠；如此落落姿态，自不为尘俗所累，更不为凡念所欺。比之明月清风，日月山川，更是珍贵无价，深邃有情。

瞻彼淇奥，
绿竹猗猗

《诗经·国风·卫风·淇奥》

瞻彼淇奥，绿竹猗猗。有匪君子，如切如磋，如琢如磨。

瑟兮僩兮，赫兮咺兮。有匪君子，终不可谖兮。

瞻彼淇奥，绿竹青青。有匪君子，充耳琇莹，会弁如星。

瑟兮僩兮，赫兮咺兮。有匪君子，终不可谖兮。

瞻彼淇奥，绿竹如箦。有匪君子，如金如锡，如圭如璧。

宽兮绰兮，猗重较兮。善戏谑兮，不为虐兮。

于水畔泽头，淇水弯弯处，种上一片幽篁，郁郁葱葱。或于篱笆小院，野外人家，引来几竿翠竹，袅袅青青，任其繁简疏密，悉得古趣。一望翠绿，隔开尘世的喜忧，真个经雨愈茂，无风亦雅。

能倚着这些天然诗意，寻文觅句，写下青翠之章，不须雕琢，亦得刚正之气。世人谈竹，颇赞其节。当年写电视散文时，亦曾几番吟咏。竹是君子，也是佳人，至今再写，尚未落笔，已是清凉满怀，幽思在心。

"独坐幽篁里，弹琴复长啸。深林人不知，明月来相照。"王维的这首《竹里馆》，写尽幽清，让人如临其境。试想于幽篁深处，一人独坐，弹罢古琴，复又长啸，何等悠然意味。此二者皆是自会为高，不以人闻为要。

闻琴知意者，谓之知音。几千年来，唯伯牙与钟子期而已，余者难求。善啸者，最以孙登为是。昔阮籍访孙登，求事不成，长啸而退；到了半山，闻有鸾凤之声，响彻山谷，知是孙登为啸，自叹不如。琴声是志雅而情高，啸声是傲放而情逸。于此幽静处，唯寒禽出入，明月来照，自有无边真韵。

写到阮籍，当不忘竹林七贤。西晋时，有七位才华横溢之人，为避尘繁政乱，常集于竹林之中，借风舒韵，肆意酣畅，故得此名。也许，与物相处时久，得其熏陶，亦有了它之品格。故林和靖梅妻鹤子，一世恬淡；陶渊明种菊东篱，半生贞洁。

那位感叹"何可一日无此君"的王徽之，更是喜竹种竹，引以为师。虽是借人空宅居住，也要种上翠竹，夜听风吟，晨知雨讯，效其清俊品格。世人不解其韵，唯竹相得。

或是竹之高韵不凡的品格，润出了雅士风流。嵇康借此写下"目送归鸿，手挥五弦"之句。其间气韵，不弱陈子昂《登幽州台歌》。刘伶乘着小车，携一壶酒，让人扛了铁锹随行，只道等他死了，随时埋去。更有语："我以天地为栋宇，屋室为裈衣，诸君何为入我裈中？"虽多狂放，亦有落落襟怀，浅浅失意。

苏轼也喜竹，有诗句："可使食无肉，不可使居无竹。无肉令人瘦，无竹令人俗。人瘦尚可肥，俗士不可医。旁人笑此言，似高还似痴。"也许，只有情致高雅的心才可与竹相通，和竹相倚。

苏轼还说过："食者竹笋，居者竹瓦，载者竹筏，炊者竹薪，衣者竹皮，书者竹纸，履者竹鞋，真可谓不可一日无此君也。"其间寄意为一，当是爱竹成痴。

《论语·学而》里有一章，子贡曰："贫而无谄，富而无骄，何如？"子曰："可也。未若贫而乐，富而好礼者也。"子贡曰："《诗》云：'如切如磋，如琢如磨。'其斯之谓与？"子曰："赐也！始可与言《诗》已矣。"这里即引用了《淇奥》中的句子，以示君子之意。

人生在世，本就是一场修行。太多失去，太多无常，让人苦恼万分，难以挣脱。当纠结于得到时，或已失去；几将成事时，又或功亏一篑。也正是这些，才让人的内心永远在磨砺中，渐趋完美，渐趋成熟。正所谓，不出井底，不知天地之大；不离庭枝，不知天地之高。

有些人惧于风雨，迷失了前进之步履，自此沉沦，一蹶不振；有些人却能在绝境中涅槃，完美重生。命运面前，本就公平。当不惧所历，再多劫苦，亦有何妨？终可与之对抗，久开生命之花。当然，有些人把公平与否集于名利之上，不问精神。如此，生命本身之意义，亦无从言起。

文学故事中的风雅，不管是灞桥雪下惹起的诗思，还是击鼓成韵，刻烛催诗，都是互相间的砥砺。谢家亭台，吟醉了千年风雪，留下咏絮才的清名。纷纷大雪依然洒落人间，不知于谁家亭槲，还有那么几人，犹有咏雪的雅兴，却没有了谢家子弟，切磋才学，琢磨佳句。

"瞻彼淇奥，绿竹猗猗。有匪君子，如切如磋，如琢如磨。"切磋于内，是囊萤映雪，自强不息。于外，是切切偲偲，争竞风流。于人生路上，经过千辛万苦，历经悲欢离合，只是为了"增益其所不能"。

"瞻彼淇奥，绿竹如箦。有匪君子，如金如锡，如圭如璧。"君子须在磨砺中前行，在切磋中进步，正是有了千万次的雕琢，顽石才得以成精品。或为砚台，温润岁月；或为神像，供人跪拜。而那些不曾雕琢的石块，则终将化为砾土，一朝腐朽，灰飞烟灭。

当年苏子被贬，飘零江海，先后三任妻妾，或离或别，深情虽在，洒脱依然。不深情，写不出"十年生死两茫茫。不思量，自难忘"。不洒脱，写不出"归去，也无风雨也无晴"。太多的忧伤，藏于内心，更多的则是潇洒旷达，了却生平。

杜甫几经风雨，一生颠簸，却未为其所累。安史之乱，亦未能将他摧毁，反使其诗风更加苍劲，文章更加老成。在流离数载后，杜甫写出了"安得广厦千万间，大庇天下寒士俱欢颜"之句；而于他个人，则是"何时眼前突兀见此屋，吾庐独破受冻死亦足"。"君子"二字，承载了太多，不知杜工部襟怀能否受之？

《毛诗序》说："《淇奥》，美武公之德也。有文章，又能听其规谏，以礼自防，故能入相于周，美而作是诗也。"这里的武公，是指卫国的武和，生于西周末年，曾经担任卿士。虽然年事已高，依然谨慎廉洁，容人劝谏，人敬重之，于是作了这首《淇奥》。

诗中所指，也未必具体，一如《毛诗序》所言。其表达，更像是民众的一种寄托，几分向往，把所有的希望寄托于君子之身。唯有君子能让乱世平息，战争停止，四海清宁，天下康平。

"宽兮绰兮，猗重较兮。善戏谑兮，不为虐兮。"待一个人懂得了与自己交流，懂得了可与不可，有了幽默感，他才算开始成熟。幽默感，是一个人走向成功的必然，亦是处理人情世故最好的工具。人生不如意事十之八九，面对失落与挫折，与其一脸严肃，争个究竟，不如微微一笑，与风同行。

　　心胸广阔之人，就如飞雁，浮在云端，可高可低，可疾可缓。容得下江湖秋水，也容得下浊浪浑波。志趣高雅，又和于众生，不为俗事所扰，不为红尘动心。接纳完美，也接纳残缺；接纳善良，也接纳罪恶。就像海水一般，沉淀了太多。再回首，轻鸥衔碧，白浪淘沙，云天又成一线。

　　有时想来，人生的富足，不是在于拥有，而是放下。太多的无常，让人应接不暇，这时或在意一恩一怨，转眼间，则恩怨皆消，甚至连一眼爱恨也不能留了。

　　幼时在村间，满山的竹影，苍翠着乡关。曾经怀着幽梦，走过崎岖山径，看霞起群山，月挂竹梢。后来，走遍红尘，苦苦寻找，也未见着那位文采斐然的君子，那位"如金如锡，如圭如璧"的良人。倒是倚墙几竿竹影，斜过老旧的窗台，留下一眸深情，一世相思。

巧笑倩兮，美目盼兮

《诗经·国风·卫风·硕人》

硕人其颀，衣锦褧衣。齐侯之子，卫侯之妻，东宫之妹，

邢侯之姨，谭公维私。

手如柔荑，肤如凝脂，领如蝤蛴，齿如瓠犀，螓首蛾眉。

巧笑倩兮，美目盼兮。

硕人敖敖，说于农郊。四牡有骄，朱幩镳镳，翟茀以朝。

大夫夙退，无使君劳。

河水洋洋，北流活活。施罛濊濊，鳣鲔发发，葭菼揭揭。

庶姜孽孽，庶士有朅。

世间每个女子，都有其独特的来历。或名门闺秀，或布衣荆

116

钗，今生凡胎俗骨，前世亦是三生石畔的一株草木。她们来人间，也只是历尘劫，修缘分，还宿债。若说最好的结局，也就是在妙年之时嫁一良善男子，与之深情白头。

又或有那绝代佳人，她们的到来，不为惊动岁月。她们的名字，却存留于历史深处，让许多人为之频频回首，念念不忘。她们的人生又与寻常人无异，躲不过贪嗔爱痴、离合哀乐。

女子如花，秀色芳颜，如丝竹清音，似无瑕美玉。百花各有其司花之神，也各拥有一段美丽动人的故事。美貌惊人、气质出尘者，便是那倾国名花；而资质平庸、古拙素淡的，则是那山野草木。然人间百花，千种姿态，唯浑然天成者为妙。

"手如柔荑，肤如凝脂，领如蝤蛴，齿如瓠犀，螓首蛾眉。巧笑倩兮，美目盼兮。"这一段写美人的诗句，已传诵千古，历久弥新。任凭岁月徙转了多少年，依旧可见她胜雪肌肤，窈窕倩影，浅笑嫣然，美目流盼。

《硕人》当是《诗经》中写女子最为美丽的一篇，而庄姜亦是三千年前宫廷深处那株养尊处优的牡丹。她出身高贵，有着修长曼妙的身姿，精致华丽的绣花衣裙遮掩不住她的端雅。她叫庄姜，她是齐侯的女儿，卫侯的妻子，太子的胞妹，邢侯的小姨子，谭公的妻姐。

《硕人》所写的，是齐女庄姜出嫁卫庄公时的盛大繁闹之景，以及庄姜绝代倾城的美貌。清人姚际恒由衷感叹："千古颂美人者无出其右，是为绝唱。"王先谦也在《诗三家义集疏》里写道："庄姜族戚之贵，容仪之美，车服之备，媵从之盛，其为初嫁时甚明。"

朱熹《诗集传》："此言庄姜自齐来嫁，舍止近郊，乘是车马之盛，以入君之朝，国人乐得以为庄公之配，故谓诸大夫朝于君者宜早退，无使君劳于政事，不得与夫人相亲，而叹今之不然也。"

历代帝王将相，被人记住的尚且不多，更何况只是一位公主，一名妃子。但庄姜才貌过人，贤德聪慧。她的美，如春花无落败，似明月无亏蚀，徜徉在几千年的光阴里，不老不死，不生不灭。

尽管后来亦有许多红颜佳丽花容月貌，国色天香，但花开数朵，再无与她匹敌之人，亦无谁敢侵犯她。乃至大汉的平阳公主，大唐的高阳公主、太平公主，她们都有着高贵的血统以及惊世的姿容。

更有"回眸一笑百媚生，六宫粉黛无颜色"的杨贵妃，她的风韵，可令百花失色。虽有清雅出尘的梅妃，擅长诗文，婉约多情，曾得玄宗宠爱，却因了一曲《霓裳羽衣曲》，大唐皇宫的明月从此只为一人清好。《长恨歌》有句："春宵苦短日高起，从此君王不早朝。"

当年唐玄宗为了美人，宁可不要江山。他英明果断，雄才伟略，又通晓音律，是位多情的帝王。杨贵妃是幸运的，被其恩宠十数载，结局虽零落，终是无悔今生。

而庄姜的一生，更为清冷凄凉。她嫁与卫庄公，因貌美或许也有过宠爱，但卫庄公性情粗暴，庄姜婚后无子，更受冷落。后来她独守寒宫，孤灯长伴。岁月虽不曾善待这位美人，但她温婉贤德，才情过人，亦不会让自己过得太凄惨。

她也曾华装出嫁，有盛况空前之景象。"四牡有骄，朱幩镳镳，翟茀以朝。""河水洋洋，北流活活。施罛濊濊，鳣鲔发发，葭菼揭揭。庶姜孽孽，庶士有朅。"滔滔黄河水，浩浩入海流。那撒网入水、鱼儿跳跃的喧哗声，以及水畔绵密茂盛的芦苇荻草，皆来为她送行。陪嫁的队伍声势浩大，女侣姿颜秀美，男傧威武健壮。

种种美好，皆如幻象，她的美貌，以及盛景，终随了斜阳宫院，灰飞烟灭。但她在历史上遗留的痕迹，无可修改。她的容颜，一如宿命，伴随她一生，又逶迤了千年。"手如柔荑，肤如凝脂""巧笑倩兮，美目盼兮"，这世人熟知的美好词句，说的便是庄姜。

自古女子，貌美者未必多才，多才者又未必貌美。德容兼备的女子，又未必寻得爱之惜之的郎君。名花虽好，却要在万千行人中，寻觅那位赏花之人；而凡草虽卑微，亦想寻得一栖身之处，抵挡漫天风尘，免去流离孤苦。

再后来，有了曹植的《洛神赋》，那神女名宓妃。传说古帝宓羲氏之女溺死于洛水而为神，故名洛神。曹植为其作赋，赞其美貌："其形也，翩若惊鸿，婉若游龙。荣曜秋菊，华茂春松。仿佛兮若轻云之蔽月，飘摇兮若流风之回雪……肩若削成，腰如约素。延颈秀项，皓质呈露。芳泽无加，铅华弗御……"

神女之美，自是与庄姜不同，但皆是柔情绰态，各具风流。

《红楼梦》曾有金陵十二钗，仿佛世间钟灵毓秀之女子，皆去了大观园，在园内修身，作画怡情，写诗养性。她们皆是水做的骨肉，气若幽兰，往来生香。

曹公为了这些女子，当真是不惜笔墨。林黛玉便是那株绛珠仙草，受天地之精华，复得甘露滋养，遂脱了草木之胎，幻化成人形。她是仙草化身，秉绝代姿容，具稀世俊美。她生来多愁病骨，怯弱不胜，却有自然的风流态度。

黛玉的美，与宝钗不同。她是"闲静时如姣花照水，行动处似弱柳扶风。心较比干多一窍，病如西子胜三分"，而宝钗是"唇不点而红，眉不画而翠，脸若银盆，眼如水杏。罕言寡语，人谓藏愚，安分随时，自云守拙"。

黛玉是芙蓉，风露清愁；宝钗为牡丹，艳冠群芳。她们出身于那样的人家，居住在那样的府邸，言语形态，皆要庄严谨慎。自然，她们天生端庄贞静，高贵典雅，一个微笑，便是柔情，一个转身，皆为境界。

　　庄姜以她惊人的仙姿，款款走进这叫《诗经》的书卷里。于书墨中徜徉，临花照影，一梦千年，亦美了千年。她独自活在经卷中，清洁安静。后世历代的国色佳丽，丝毫沾染不到她的气息。

　　《随园诗话》中曾引写梅诗句："珊珊仙骨谁能近，字与林家恐未真。"想来，我亦是那一剪梅枝，不依附于谁，也不强难于谁。一个人，修身克己，脱了风尘之苦。他年鬓发成雪，暮色苍颜，仍旧一袭旗袍，风姿绰约，清简自持。

及尔偕老，
老使我怨

《诗经·国风·卫风·氓》

氓之蚩蚩，抱布贸丝。匪来贸丝，来即我谋。送子涉淇，至于顿丘。

匪我愆期，子无良媒。将子无怒，秋以为期。

乘彼垝垣，以望复关。不见复关，泣涕涟涟。既见复关，载笑载言。

尔卜尔筮，体无咎言。以尔车来，以我贿迁。

桑之未落，其叶沃若。于嗟鸠兮，无食桑葚。于嗟女兮，无与士耽。

士之耽兮，犹可说也。女之耽兮，不可说也。

桑之落矣，其黄而陨。自我徂尔，三岁食贫。淇水汤汤，渐车帷裳。

女也不爽，士贰其行。士也罔极，二三其德。

三岁为妇，靡室劳矣。夙兴夜寐，靡有朝矣。言既遂矣，至于暴矣。

兄弟不知，咥其笑矣。静言思之，躬自悼矣。

及尔偕老，老使我怨。淇则有岸，隰则有泮。总角之宴，言笑晏晏。

信誓旦旦，不思其反。反是不思，亦已焉哉！

《红楼梦》有联："春恨秋悲皆自惹，花容月貌为谁妍。"
此联悬于薄命司外，可谓绘尽儿女心肠，道尽千古情事。世人于
情字，往往寄之太多，又得之甚少。或为深情难放，蹉跎一世芳
华；或为相思萦绕，虚度半生年月。到最后，不免花容憔悴，玉
貌瘦损，却发现几多愁恨，原是幻梦，就连情之本身亦是凭空惹
来的。

虽有这般不足，世人偏偏又是多情，知其虚渺，犹怀侥幸之
心。唯盼此生情伤远离，与一人地久天长，永如初见。也正因怀
了这痴念，千百年来，相思尽头，多成辜负，才有那说不完的故
事，读不完的情词。

这首《氓》中所写，即如这般，从当初想念时泣涕涟涟，见
着时载笑载言，到最后休回旧家，反目成仇，可谓负了红颜，输
了余生。正应了那句"早知今日，何必当初"。人生所见，也只
是当下之景，谁又可预测未来，妄断离合。

曾经，她守在深闺，为情郎挂起软香之帘，临着宝镜，细画

眉山，轻匀粉黛，勾勒如花年岁。只为那一次相遇，却似等了千年百年。

曾经，她身着霞帔，轻移莲步，轻拢素指，皓腕凝雪，含羞低眉，似笑还嗔，似往似还。直到对坐花烛，细论相思，自此情归一处。

曾经，她布衣荆钗，夙兴夜寐，任劳任怨，风霜侵老了容颜，尘埃惹白了鬓发，只为那一世相守。谁承望，情多成了负累，真心终被辜负，遭其冷落疏离，再被厌倦抛弃。

《诗经》三百，有数篇弃妇诗，颇含怨意。然于初时，却都是如花年少，两情相悦。字句间绘出了柔肠百转，儿女情长。有情未发，相思难诉，是少年心中幻变无常之相思，满地桃花，随风摇舞，却是春风恰好，蜂蝶蹁跹；是少女梦中，无端惹起之羞娇，盎如春水，迷似行鹿，却是皱波不长，雨过舟平。

人间情事如花事，一朝落尽武陵春。古来写情之诗无数，细读令人断肠，惹来幽恨。有时想着，皆因许诺容易，守诺太难。红尘太多有情人，于流年中迷失了自我，不问归途，不管花月，唯计自身喜乐，寸心得失。

"回车在门前，欲上心更悲。路傍见花发，似妾初嫁时。养蚕已成茧，织素犹在机。新人应笑此，何如画蛾眉？昨日惜红颜，今日畏老迟。良媒去不远，此恨今告谁！"晚唐诗人刘驾这首《弃妇》，亦写到细处。那位被休回娘家的妇人，见花落泪，独恨老迟，又无人可诉，无人可随。此番情景，读罢令人伤悲，终无能为力。

古典中最深的哀怨，不是"悔教夫婿觅封侯"，也不是"商人重利轻别离"，亦非"长安一片月，万户捣衣声"，而是"到家几面见邻姬，独掩寒闺双泪垂"。旧时女子地位低微，到了这等境地，可谓万念俱灰，哀莫大于心死。

褪去情浓，生活本就平淡，舍不了柴米油盐，喜怒哀乐，更有那挨不过的穷苦，闯不过的年关，"诚知此恨人人有，贫贱夫妻百事哀"。困于穷境，落叶添薪仰古槐；偶折金桂，一朝看尽长安花。

除却诗词，传奇故事中，亦不乏弃妇。南戏《琵琶记》里，蔡伯喈中得功名，抛弃了赵五娘。五娘一路风尘，弹着琵琶，沿街乞讨，寻到京城。虽然结局圆满，亦是当时写照。而《赵贞女》中，则是蔡伯喈不认，以马踩踏五娘，终遭恶报，雷轰而死。

"氓之蚩蚩，抱布贸丝。匪来贸丝，来即我谋。"已不知这男子和女子如何相识，只知那年春日，她采桑归来，身上犹带东山的云影，鬓角簪着三月的桃花。他负犁行过，眉含春色，就这么一次相遇，心动不已。

又或她浣衣水畔，嫣然回眸；他远行而返，相望处，情波泛起。自此，他用真心柔情打动了她。几多温声细语，几番目送依依，彼此已是照影惊心，再容不下他人。

世之情者，皆有缘起。或因于貌，相望欢喜；或倾于才，引为知己；或托于琴弦，或寄于山水。无论何故，二人能于红尘中心寄一处，可谓不枉相许。古代婚姻却要依从媒妁，听信父母，正是这般，生出太多悲欢，但身不由己。

宋时易安居士，夫妻志趣相投，相竞辞章，共著金石。我用似水流年，换你豪气万千；我用铺纸研墨，换你泼墨百篇。伉俪情深，心归一处。然而，待赵明诚身亡，易安居士亦为人所欺，郁郁而终，情无所归，可谓造物荒唐，不悲悯世人。亦有才女朱淑真，独守深闺，怨词千百，流尽三更泪，写作断肠诗。正是"鸥鹭鸳鸯作一池，须知羽翼不相宜"。

"乘彼垝垣，以望复关。不见复关，泣涕涟涟。"城墙之上，那个登高远望的女子，守着约定，朝来暮往，老了百花，瘦了腰身。多少次失望而回，烟云深处，不见复关，望不到迎亲车马，泪水湿了阡陌，乱了一路繁花。

"士之耽兮，犹可说也。女之耽兮，不可说也。"终于，她等到了情郎，喜结连理。宴尔新婚，你侬我侬。万千的相思，就此终止，垂下珠帘，良宵情长，三春梦好。唯愿地久天长，一世一生。然而，世事难料，人心易变，秋来冬往，再不是当年滋味。

男子于情，若彩蝶经花，但有芳株香好，或起翼而往，不复回看。女子则不同，一生最爱，或仅为一人，错过，再无真情。即使再恋，不过敷衍，难舍旧时情意，如梦如幻，在遗憾中度了余生。

其实，人之依恋，更多只是感觉。得不到，千媚万娇；得到时，弃若俗物。当初的望眼欲穿，梦幻之景，一朝久伴，竟成负累。

"淇水汤汤，渐车帷裳。"等到岁月渐老，容颜转黯，不再

是玉指纤纤，眼波如画。曾经的情人，亦生厌烦，再无半点怜爱
之心。最后则是一纸休书，用一辆车马，将她遣回娘家。曾经，
"送子涉淇，至于顿丘"，草木之间，犹藏着未断的柔情，恍若
露珠，幽若星辰。如今，同样的车马载客，不一样的流水人情。

　　那个集着宠爱，脸若桃花，嫣然含笑的女子，如今却满面愁
容，孤单而回。"感时花溅泪，恨别鸟惊心。"人于伤心之时，
看花看树，皆有伤感，看云看波，皆生怨意。也不知汤汤淇水，
可是女子的心岸决堤后，淌不尽的哀伤？

　　她虽辛勤持家，但一朝被弃，回至娘家，犹遭亲人冷眼，兄
弟嫌弃。人之欲老，必多省悟。然于此时，要寻个人诉衷肠，却
发现已无人可托。故此，纵有千言万语，只能留在心底，任细雨
欺花，风霜凌木。

　　"总角之宴，言笑晏晏。信誓旦旦，不思其反。"多少有情
人，终被深情所误。红尘誓言，经不起太多推敲，人间诗文，亦
没有真实的结句。当年言笑犹在，山盟犹鲜，却已各奔东西，从
此江湖相忘。然而，不管友情也好，爱情也罢，纵有离索，经过
几多风雨，数载春秋，偶一场相逢，相看处，悉已白头，当莞尔
一笑，不言其余。

　　我总想着，去做一株不关人世的草木，亦是好的。春来自开，秋来自落，携风窈窕舞影，临雨自比幽情。不问人间离合，哪管世事沧桑。

　　逢着春风正好，暖意袭人，行过水畔，想起杜工部句子："桃花一簇开无主，可爱深红爱浅红。"有人喜清雅，有人爱深浓，我却是浓淡相宜。无论是野外人家，篱旁一株小杏，半梢粉白，还是春园数里，桃花夹径，落英缤纷，皆得我心意。

　　若心中清淡，纵置身花海，只取其一枝赏，何艳之有？若心有繁华，纵置身冰霜世界，也是满眼春意，心生锦绣。然于人世之情，我最喜清淡，不贪不恋，不奢不取，不欲不求。

　　我居江南某个巷陌，栽花煮茶，写文读书，经过了那么多的岁月，也忘了许多的人事。再次寻遍亭台，行于曲径，这擦肩而过的年轻女子，令我感慨万千。不是惊于她清姿娇颜、袅娜身段，而是细品其间韶华，像当时妙年的我。

　　她怀着心事，转过巷尾，幽幽去了。而我看落花淋漓，斜阳庭园，有一种苍茫远意，欲要归去。一时间，怅然若失，竟不知归去何处，投向何人。

卷四 ◎ 青青子衿，悠悠我心

一日不见，如三月兮

—三千年前那朵静夜的莲开—

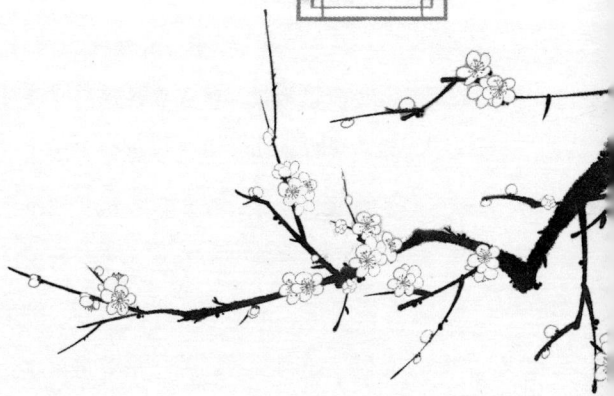

投我以木桃，
报之以琼瑶

《诗经·国风·卫风·木瓜》

投我以木瓜，报之以琼琚。匪报也，永以为好也。

投我以木桃，报之以琼瑶。匪报也，永以为好也。

投我以木李，报之以琼玖。匪报也，永以为好也。

喜爱喝茶，是因茶的洁净清好。细嫩的芽，被沸水冲洗，似霁月光风，如调琴瑟。茶只是寻常草木，却无论晴雨晨昏，都那般清净，不见忧色。历经无数世事变迁，于任何人，茶都无分别心，给人以明澈，以清醒。

小时候，于池塘乘舟采莲，往竹林深处拔笋，看花是花，见水是水。柴门小院，粗茶淡饭，村里村外的人，我皆觉得是好的，与我相亲。那时，我亦如出尘的莲花，不染俗世，除了父母之恩，不欠任何人。

《三世因果经》说："欲知前世因，今生受者是；欲知后世果，今生做者是。"世间万事皆有因果，种善因，得善果，修孽缘，得孽债。人生福祸相倚，任凭你怎么修行，终会遭劫落难。所幸，一切都会过去。落劫时，不慌不惧；平顺时，自当欢喜。

想当年，落魄江南，亦曾有过相欠，时过境迁，不曾忘怀，始终于心不安。后来所欠的，又以另一种方式偿还他人。我将所有的得到与失去皆当作因果。愿将来某一日走到人生尽头，志洁若兰，情高似麝，生无亏欠之人，去无未偿之债。

若今生还有相欠，我所能偿还的，也只有一盏清茶了。茶的缘分，无恩怨，无缠烦，来者由心，去者随意，如此清淡则免去许多烦琐与挂碍。以后的日子，我在人世，就如这盏妙意自然的茶，散淡宁静。凡是情感，都是多余；任何故事，皆可省略。

《诗经》里我喜爱的句子有限，知道的很少，但又明明记得许多。《木瓜》这篇，我记忆尤为深刻，寥寥几句，简洁易懂，直抵心扉。这是一首通过赠答方式表达深厚情意之诗。

简短的一首诗，其主旨也透彻明晰。《毛诗序》云："《木瓜》，美齐桓公也。卫国有狄人之败，出处于漕，齐桓公救而封之，遗之车马器服焉。卫人思之，欲厚报之而作是诗也。"

朱熹在《诗集传》中写道："言人有赠我以微物，我当报之以重宝，而犹未足以为报也，但欲其长以为好而不忘耳。疑亦男女相赠答之词，如《静女》之类。"

无论是美齐桓公，臣下报上，还是男女赠答，朋友互赠，《木瓜》所表述的，都是一种礼尚往来的尊重，一份情意。《礼记》有云："礼尚往来，往而不来，非礼也；来而不往，亦非礼也。"自古清风明月，白云溪水，皆有往来，相知相惜。

"投我以木瓜，报之以琼琚。匪报也，永以为好也。"你赠我以木瓜，我拿琼琚当作回报。并非仅仅是为了答谢你的恩德，而是珍重这份情意，愿与你永相好，不疏离。

"投我以木桃，报之以琼瑶。匪报也，永以为好也。投我以木李，报之以琼玖。匪报也，永以为好也。"木瓜、木桃、木李，是同一属性的植物，而琼琚、琼瑶、琼玖皆为美玉。

你赠我木果，我回赠你美玉。或许，回赠之物比相赠之物贵重，但物之贵贱，不可言说内心深重的情感。万物可通性灵，无尊卑长短，对人亦相投一样的情感。是人将自己的情感寄寓于它，而有了轻重。

汉代张衡《四愁诗》写："美人赠我金错刀，何以报之英琼瑶。"她赠金，他回报其玉。金玉相配与投木报琼亦无分别，一切在于他们之间的情分。情深者，一草一木，也值万金。若是情薄，纵是倾尽一切，也作虚无。

古时男女定情皆有信物，或金簪、玉佩，或荷包、手帕。信物本身无多少价值，赠送出去，则以示心意，表明忠贞不移的情志。唐时王维写过一首《相思》："红豆生南国，春来发几枝。愿君多采撷，此物最相思。"他便是以红豆寄情，传递内心的绵绵思念，无尽柔情。

又或是友朋之间，无须一物，亦有真情厚意。李白有诗："桃花潭水深千尺，不及汪伦送我情。"人与人的缘分，贵乎知心。有些人萍水相逢，便觉一见如故，只叹相逢恨晚。有些人，朝夕相伴，心却有如隔了蓬山万里，不得亲近。

父母子女，尚有缘深缘浅，更何况红尘路上这些未曾谋面的陌生人。有缘者未必有情，有情人未必有缘。我心淡漠，却也不喜相欠，不愿轻易交付真心，害怕薄弱的情感，抵不过纷繁的现世；也怕亏欠于人，因果相扣。所有的馈赠恩德，我当回报，不敢有负于人。

《红楼梦》里有金玉良缘之说，贾宝玉持美玉，薛宝钗则有黄金锁配之。但黛玉是草木之人，无有相配之物，因此时生悲感，落寞寡欢。宝玉爱慕黛玉，自是不在乎这些凡尘俗礼，对其温柔呵护，情意深浓。

北静王送给宝玉一串香珠，他留着给黛玉，而黛玉却嗤之以鼻，道："什么臭男人拿过的，我不要这东西！"而那日宝玉挨打，他怕黛玉忧心，让晴雯送两块旧帕。黛玉见到旧帕，感慨万千，写下《题帕三绝》。

"眼空蓄泪泪空垂，暗洒闲抛却为谁？尺幅鲛绡劳惠赠，叫人焉得不伤悲！"他赠旧帕的情意，只有黛玉心知。素日里万语千言的相劝，皆不及这份心意。他借帕托相思，亦告知她，与她

相关的旧物，他自是珍藏爱惜。也盼她莫要忧心哭泣，以免伤了
身子，枯了娇颜。

素日里宝玉视金钱如微尘，唯独将黛玉送给他的荷包深藏，
不赠他人。但即便如此，他还曾被黛玉误会，两人闹腾了一番，
惹出贾母说："'不是冤家不聚头'。"他们前世缘定，今生故
如此难舍难分。他为她落得一身病，不敢与人言说；她更是为他
神魂不安，耗尽最后一滴眼泪。但终是有缘无分，强求徒劳。

黛玉和宝钗因为金玉良缘之说一直不和，但那日黛玉无意念
出《西厢记》里的句子，宝钗没有拆穿，反而私下规劝一番。后
黛玉叹道："你素日待人，固然是极好的，然我最是个多心的
人，只当你心里藏奸。从前日你说看杂书不好，又劝我那些好
话，竟大感激你。往日竟是我错了，实在误到如今。"

"易求无价宝，难得有心郎。"然世间难求的，还有一知
己。大观园里，能与黛玉惺惺相惜的，则是聪慧过人的薛宝钗。
黛玉的女儿心思、微妙性情，她都懂。黛玉身子弱，宝钗让其吃
燕窝粥，并说托人送几两燕窝过来，免得黛玉惊师动众。

黛玉则说："东西是小，难得你多情如此。"可见相赠之

物，不分贵贱，在于真心。万物只要努力，自有求得之时，唯独情意难求。一切所得，都当感恩惜福，否则，你所得到的，有一日皆要偿还。

赠物予人，乃慷慨之举，若惹了无由的情缘，反失了赠物的本意。情意虽可贵，亦要以平常心相待。我爱简洁，自由如风，来去无挂。人在失去中学会从容，于破碎中依旧安稳，就真的是修身至深了。

人与人，或人与物，当如茶，可浓可淡，可得可失，终不落凡尘悲苦，不生无常之感。

不知我者，谓我何求

《诗经·国风·王风·黍离》

彼黍离离，彼稷之苗。行迈靡靡，中心摇摇。

知我者，谓我心忧；不知我者，谓我何求。悠悠苍天，此何人哉？

彼黍离离，彼稷之穗。行迈靡靡，中心如醉。

知我者，谓我心忧；不知我者，谓我何求。悠悠苍天，此何人哉？

彼黍离离，彼稷之实。行迈靡靡，中心如噎。

知我者，谓我心忧；不知我者，谓我何求。悠悠苍天，此何人哉？

宋人《吟古树》云："四边乔木尽儿孙，曾见吴宫几度春。若使当时成大厦，也应随例作灰尘。"如此念想，未免消极，然而这不正是自古隐士所求的一种淡泊和闲散吗？万物有灵，但终究微小薄弱，又如何抵得过岁月变迁，世事更迭？

古往今来，江山如画，虽经历了无数个朝代，更换了无数个
风云霸主，仍旧安稳繁盛。但那些历史中的人物，早已来去无
声，连同他们的千古霸业，一起做了尘土。浮生碌碌，不过是一
场清欢，花开花落，连香气亦不曾留存。

太过华丽的东西，会给人一种不真实的感觉。人世风景依旧
静好无恙，成败兴亡之事，都成了过去，与当下毫无瓜葛。多少
鲜花着锦，华堂大厦，经得起几度春秋流转，让人觉得有烟火朝
气的，还是世俗人家。人生到了一定境界，便是删繁存简，唯朴
素清新自然，经久不息。

记得幼时去山上伐薪，我挑回家摆放于庭院一侧的廊檐下，
不许母亲拿去灶下焚烧。心中想着那是自己费了辛劳的成果，务
必好好珍惜。到后来，那些柴木终究成了灰烬，荡然无存。母亲
用柴火烧饭煮茶，让我感知到流年安稳，岁月有情。

听说当年村落的老宅皆已拆除，有些被修建成新院，有些栽
种了草木，还有些只作尘埃。看似荒芜的过去，却是为了当下的
繁闹与喜气。许多人为了锦绣生活、美好梦想背井离乡，此生或

许再也不回故里。也许有一天过尽风雨，衣锦还乡，那时旧物不在，但红尘如故，不至于飘忽。

唐人刘禹锡的《乌衣巷》曾写："朱雀桥边野草花，乌衣巷口夕阳斜。旧时王谢堂前燕，飞入寻常百姓家。"当年名门望族聚集的朱雀桥，滋长着野草凡花，车马如流的乌衣巷，安静地伫立在萧索的斜阳下。而在高楼华屋筑巢的王谢燕子，也飞去了寻常百姓家。

时过境迁，人物偷换，然山河不改其颜，金陵城依旧鼎盛繁华。飞燕是历史的见证人，又或者，往来于红尘的每一种生灵，都可以见证过去。人生苦海无涯，喜乐亦是无涯，虽有沧桑毁灭，但万事仍然可信。

《诗经》里的《黍离》所述的，乃物是人非、知音难觅、世事沧桑之感叹。此诗作于西周灭亡后，一位周朝士大夫经过旧都，见往日繁华宫殿被夷为平地，种上了庄稼，内心不胜感慨，写下了这篇哀婉、悲伤的苍凉之诗。

《毛诗序》称："《黍离》，闵宗周（西周）也。周大夫行役，至于宗周，过故宗庙宫室，尽为禾黍，闵周室之颠覆，彷徨不忍去，而作是诗也。"黍离之悲，多说亡国之痛，沧桑之苦。

江山陷落，覆水难收，然天下依旧清洁深稳，变了的只是心境。诗人行役至宗周，过访宗庙宫室，见昔日繁华不在，唯留一片葱绿之景。城池倾倒，平息不久的战火亦无痕迹。过往的一切皆已斩断，忧患却还是这样真，当时的亲信不在，而今皆为陌路之人。

"彼黍离离，彼稷之苗。行迈靡靡，中心摇摇。知我者，谓我心忧；不知我者，谓我何求。悠悠苍天，此何人哉？"黍子循季生长，细嫩的稷苗，不知人间疾苦，自有一种静意。漫步于旧地，心中哀怨涕泣。知我者，解我心忧；不知我者，认为我有所奢求。悠悠苍天，竟是谁人覆手翻云，有此番劫毁，让我飘蓬流转，无处隐身。

"彼黍离离，彼稷之穗。行迈靡靡，中心如醉。""彼黍离离，彼稷之实。行迈靡靡，中心如噎。"黍子青青，逶迤数里，稷谷抽出了穗子，继而又结了穗粒。日影风轻，仿佛从未有过兴盛衰亡，没有恩怨炎凉。流光无私，于山水，于风物，于人情，都一般模样。

他依旧孤独缓慢地行走，回首人生，恰似醉梦一场，心中悲戚，哽咽难言。知我者，解我心忧；不知我者，谓我何求。时光流逝，情景转换，竟让他如此不得释怀。他有着智者的愁思，又生出愚者的烦恼。

陈子昂有诗："前不见古人，后不见来者。念天地之悠悠，独怆然而涕下。"他们都有一种众人皆醉我独醒的感叹。人生最难得的是半梦半醒，太过糊涂则不够旷达平正，过于清醒又失了起承转合。

王国维在《人间词话》里说："一切景语，皆情语也。"黍稷之苗本无情意，亦无烦忧，因诗人之愁思，牵惹出无限的悲意。自古文人墨客多是借景抒怀，但荣枯、晴雨皆随心情，断壁残垣可见姹紫嫣红，风云遮日亦为良辰美景。

真正高才雅量，当如野鹤闲云一般，无意名利，不惧兴衰，于凡尘任何一个角落，春来秋往。他可做王侯将相，亦可为樵子渔夫，任它亭台水榭，红墙绿瓦，又或是大漠孤烟，落日长河。

姜夔的《扬州慢·淮左名都》，亦是一篇抚今追昔之作。他路过扬州，目睹被战火洗劫后的扬州城之萧索景象。于荒凉中，追忆昔日繁华，以景色诉哀音，用清雅婉丽辞章，写尽人间惨淡炎凉。

"二十四桥仍在，波心荡、冷月无声。念桥边红药，年年知为谁生！"想当年，二十四桥明月夜，烟波画船，春风瘦水，佳人倚翠，软玉红香。道不尽的柔情缱绻，诉不完的痴爱缠绵。这时却是空城浩荡，冷月无声，桥边红药，寂寞无主。

苏轼有句："但屈指西风几时来，又不道流年暗中偷换。"都道时光糊涂又无情，可一朝一夕的日子，皆是亲身走过。庭园的春，池畔的莲，琴台的灯，乃至案几的茶，一景一物，自有情意。

坐小窗下，看一场花雨；去梨园剧院，看一出折子戏。或是去烟火巷陌，买一篮野菜；与某个故人，相约去繁城闹市赶集。小桥静柳，间阎炊烟，每一个节令，都有其深情美意。

我当下的心情，亦如雨后晴天，枯木逢春。我读历史兴亡，不生悲感；看离合死生，亦觉寻常。春尽夏至，自古成败也不过如此。人间灾劫，恰似天女散花，不落佛身，也不着众生身。

　　"知我者，谓我心忧；不知我者，谓我何求。"每个人行走于尘世，都是孤独的，纵有携手白头之人，亦难相亲相知。太平时世，故事到底是少些的。此刻的庭园，光影流转，草木清嘉。人世万千，谁又记得，你何时来过，何时又走了。

一日不见，
如三秋兮

《诗经·国风·王风·采葛》

彼采葛兮，一日不见，如三月兮！

彼采萧兮，一日不见，如三秋兮！

彼采艾兮，一日不见，如三岁兮！

　　《随园诗话》里有记："沈归愚尚书，晚年受上知遇之隆，从古诗人所未有。作秀才时，《七夕悼亡》云：'但有生离无死别，果然天上胜人间。'"他感叹牛郎织女，虽是一年一会，却可以地老天荒，无有尽时。人间纵算平凡夫妻，恩爱一世，相伴白头，终有死别。

　　但人间有时生离大过死别。人生不过一世，情缘断了，便无念想。心有不舍，尚有宿债未偿还的，期许来生。看那牛郎织女，要经受多少日夜的煎熬等待、相思消磨，方能换取短暂的一期一会。如此伤悲，又怎及世间男女平淡相守，同桌同食，同生共死的真切快意？

　　自古仙人动了凡心，唯愿做寻常百姓，但求一生与爱人长相厮守。白娘子愿毁弃千年道行，与断桥的许仙做一对人间烟火夫妻。七仙女有情，下凡来人间，只为助董永偿还债务，做他朴素的妻。他们心愿素简，不求在仙界千秋万载，只要一世人间。

　　凡人之苦，仙者又未必懂得。凡人的一生，要经历生老病死，爱恨情仇，离合悲欢。人的力量渺小薄弱，无力抵御所有外界的劫数，任何时候，只能顺着四季流转，于风雨中前行。在灾难面前，人卑微如草木，似蝼蚁，之后在岁月的更迭里缓慢老去，再被历史淹没，悄无声息。

　　但人生在世，终究是苦乐相随。万般苦乐，皆因情爱，虽也有名利缠身，世态相逼，但于情爱面前，到底清简。古来帝王将相，百姓平民，都离不了情爱，断不了尘缘。他们或风云一生，志吞万里河山，终不忘美人佳丽，红罗帐暖。纵是布衣荆钗，也有其婉静风姿，令人神迷。

多少人为情生，为情死，风景悠悠千年，能记住的不多。然千古情事，看似相同，又各有悲欢，各有结局。或聚或离，或喜或悲，他们的故事被写进书中，编成戏剧，为后世传唱。虽隔了迢迢时空，仍让人甘愿与之同修缘分，患难与共。

梁山伯有祝英台，彼此同床共读，情深似海。但他们姻缘被拆散后，许下"生不能同衾，死也要同穴"的誓言，最后幻化为蝶，飞舞人间。崔莺莺有张君瑞，他们于西厢约会，相思缱绻，仅隔了一道门扉，恰如远去万里关山。

焦仲卿有刘兰芝，他们本恩爱夫妻，柴门小户，粗茶淡饭，唯愿白首。刘氏为仲卿母所遣，自誓不嫁。其家逼之，乃投水而死。仲卿闻之，亦自缢于庭树。时人伤之，作诗云尔。"孔雀东南飞，五里一徘徊。'十三能织素，十四学裁衣，十五弹箜篌，十六诵诗书。十七为君妇，心中常苦悲……'"天自不尽人意，我愿生死相依。

有情之人，不得相守，惹出多少相思断肠句。年少时便读《诗经》，"一日不见，如三秋兮"，后来知其出自《采葛》。

简短的一首小诗，竟让人百般回味，余韵不尽。想来有过相思之苦的人，自会懂其间的煎熬。

"彼采葛兮，一日不见，如三月兮！彼采萧兮，一日不见，如三秋兮！彼采艾兮，一日不见，如三岁兮！"采葛为织布，采萧为祭祀，采艾为消灾祛病。这是一首朴素的民歌，描述的亦为一个采葛、采萧、采艾的农女。她于寻常的日子里，辛勤劳作，安分守拙。

她的情人不知何故去了远方，又或者仅仅是在邻村的某个院落，与之相望相思。诗中所谓的三月、三秋、三岁，实则只是一日不见，于情人的心里，却是漫长难熬的时光。热恋中的情侣，盼着朝暮厮守，不忍有一刻的分离。

在那个古老的年代，他们生活朴素，感情真挚。他们之间彼此爱慕情深，依靠着简洁的文字，寄寓心中情思。委婉缠绵，情深意切，便是这首《采葛》。一日不见，如隔三秋三岁。诗中不说相思的过程，也不说相思的煎熬，亦不见海誓山盟，不闻哀怨之声。

但相思是真，情深是真，离别亦是真。年少男女，柔情依依，怎经得起分离？这女子去山间采葛、采艾，去河边浣纱，庭园种菊，廊下织布，他都愿携手相随；哪怕静坐一侧，看着她低眉转身，也觉安稳幸福，亦可地久天长。

贾宝玉愿好花常开，而有情人可长聚不散。在他心里，看花是花，看水是水，每个女子皆是水做的人，玉骨冰肌，不言语自有芬芳。他对黛玉情深，虽同住大观园，仍日日要去潇湘馆问候一番，他说就算死了，魂魄也要来此走上千百回。

黛玉对其更是情根深种，从初时的一见如故，到后来共读《西厢》，情思缱绻，皆为宝玉一人。她葬花写词，素日吟句落泪。他不来潇湘馆，她亦心难安。他们之间相隔咫尺，只因不得相守，生出无限愁思。之后她焚稿断痴，也是心灰意冷。这尘世最后的梦破碎了，她亦算是还清了债约，离去是超脱。

无论是相爱不能相见，还是相见不能相守，于有情人，都是一种伤害。李商隐二句"相见时难别亦难，东风无力百花残"，道尽多少人的衷肠。李之仪的《卜算子》写的"只愿君心似我心，定不负相思意"，又是另一种情长。

"平生不会相思，才会相思，便害相思。"相思不择人，只是文人会用诗词表达内心的情感，让人读罢如临其境，如患相思。晏幾道说："欲把相思说似谁，浅情人不知。"光阴有穷时，相思无尽处，世间一切因缘起，也因缘灭。

清代姚际恒则另辟蹊径，说《采葛》一诗为怀友之作，非寻常的男女之思。无论是热恋中的男女之情，还是天涯友朋之思，于诗中所见，皆知用情之深。千百年前风月静好，千百年前的相思也是喜悦的，毫无禁忌，不必遮掩。

一日三秋，恍若隔世，这感觉于我似曾相识，却又那么遥远。年轻时，依稀也有过美好的爱情，有过诺言，有过与之携手共赴安稳人生的心愿。也有过离别，尝过相思，知一日不见之苦，懂久别重逢之欢。

我怕多情累己，亦怕负人。这些年，于感情我是有意相避，清淡自处，不愿多生枝节，无端牵惹爱恨。奈何，心之所向，未必尽如人意。事有千般好，终有一失。今生所得，抵却所失，也算是公正清平。

慢慢地，将情爱寄于山水，托于文字，付于杯盏。虽也有一日不见如三秋之感，与物相处，到底心安。任何时候，你付之情深，皆静然以待。人有慈心，物有禅意，日子山寒水冷，又有燕语莺啭。

古人有言："各有因缘莫羡人。"或许是此生修行尚浅，仍心存执念，虽自比梅花，却有虚妄，为情移。哪一天于竹院静室、绿窗禅榻，烹煮闲茶，一日若千年，又何惧三秋三岁兮？

琴瑟在御，
莫不静好

《诗经·国风·郑风·女曰鸡鸣》

女曰："鸡鸣。"士曰："昧旦。"

"子兴视夜，明星有烂。"

"将翱将翔，弋凫与雁。"

"弋言加之，与子宜之。

宜言饮酒，与子偕老。

琴瑟在御，莫不静好。"

"知子之来之，杂佩以赠之。

知子之顺之，杂佩以问之。

知子之好之，杂佩以报之。"

万物的机缘，有时微妙到让人心生感动。比如这四月花语、楼台春燕、小桥流水，以及每一个烟火氤氲的巷陌，都弥漫着人间的烟火气息。似闻楼下深巷有卖花声，时远时近，清晰又缥缈。竟忘了是何时开始，我爱上了这一切与红尘相关的物事。

坐于四月的花影下，剥着竹笋，杯盏里的新茶，像少女的心事，虽有浮沉，却洁净美好，不染纤尘。窗外的院墙，草木长势喜人，岁月于它们不过是一场浮烟，无所畏惧。

曾记得，这场景在幼时村庄有过。外婆坐在石凳上剥笋、绣花，一盏野茶，朴素情深。她喜爱的茉莉，年年岁岁循季而开，从不间断。我对茉莉的情结，以及对一切老物的欢喜，皆因外婆而起。外公天未亮时便去了山间或田地，伐了薪火，猎了野味，拔些新笋，给家里的老妇制作菜肴。

年前与母亲在廊下说话，诉说过往。她早已美人迟暮，鬓发成雪，加之近几年体弱多病，曾经那么热情的妇人，已心意阑珊，对世景无心，于光阴无寄。唯独忆起往事，方见喜色，恍然她还是当初那个明媚清秀的女子，和她新婚不久的丈夫去山间采药，于池塘捞萍，过着春耕秋收的平淡日子。

渴了有清澈的泉流，累了在树下乘凉歇息，日光静静落在草木间，周边皆是竹影清风。她知父母居家中做着寻常的农事，儿女于学堂读书，丈夫去了邻村问诊。她看人间的一切都是好的，好花好水，鸟飞鱼戏，虫走蝶舞，万物有情有义。

花谢可重开，人老无年少。那些山幽水清、人物静好的日子远去如风。母亲说那时的人谦逊宛然，那时的爱情相敬如宾。那时的江山秀美无惊，那时的人事毫无猜嫌。人在庭院，花月相欢，或于低低的屋檐下，亦觉亲密无间。

"得成比目何辞死，愿作鸳鸯不羡仙。"这是年轻时喜欢的诗句，爱情于我心底，是此心不渝，荣辱相随，也是生死与共。我想要的爱情，简单纯粹，如月色下的并蒂，如水上鸳鸯，不被外界惊扰，可以荒了耕，废了织，寻常的日子也是喜悦不尽。

再后来，喜欢"结发为夫妻，恩爱两不疑"的情意。都知情意无价，寻常人家的夫妻，是厅堂的温柔对坐，是厨下袅袅不绝的炊烟，也是夜幕下的长情相伴。其实他们未必恩爱，如春水静柳、秋月菊圃，似梁间燕子、水上沙鸥，并非都是良缘，却不能分离，不可割舍。

就像父亲与母亲，他们是世间最平凡的夫妻。他不曾为她描眉，也未买过金银饰物，但他去山间采药，于乡村问诊，或去城里添补药材，任何风景他皆不留恋，心里总记挂着家里有妻。而母亲亦如此，于檐下织补，井边打水，安然于世，她知道有那么一个人，与她风雨相共便好。

如此，所喜的则是《诗经》里的"宜言饮酒，与子偕老。琴瑟在御，莫不静好"。三千多年前，人世山迢水远，竟也有这般美。天下简净朴素，百姓生活亦有一种清安，没有战乱，亦无流离，民间岁月样样称心如意。

《女曰鸡鸣》是一首极富生活趣味的诗，以夫妻对话的形式，叙述夫妻间真挚平静的生活。少年夫妻，情深意笃，彼此间有欢喜，也有敬重。而许多女子一生所愿，不就是这种夫妻和睦安详、缠绵喜乐的生活？

"女曰：'鸡鸣。'士曰：'昧旦。''子兴视夜，明星有烂。''将翱将翔，弋凫与雁。'"女子说公鸡已打鸣，男子却说天还未亮，你且推窗看天空，启明星灿烂闪光。女子又道："宿巢的鸟儿行将翱翔，你且备好弓箭，早些出门去猎捕野鸭大雁。"

这是一个美好安静的清晨，勤劳的女子用委婉的语气催促丈夫起床，准备开始一天的劳作。而男子贪恋梦中温床，百般搪塞。但女子催声温柔有情，令男子心生暖意，便不再逗留，整好装束，踏着晨光出门打猎。

"弋言加之，与子宜之。宜言饮酒，与子偕老。琴瑟在御，莫不静好。"她是那多情贤惠又温柔体贴的女子，见丈夫披着朝霞，心生怜惜和愧意，忙对丈夫诉说心中所愿。她盼着丈夫猎了鸭雁早些归家，她要做成野味佳肴，与他温柔对饮，恩爱情长。如此情投意合，恰似女子弹琴，男子鼓瑟，夫妻和谐，生活甜美。

"知子之来之，杂佩以赠之。知子之顺之，杂佩以问之。知子之好之，杂佩以报之。"男子感于妻子对自己来之、顺之、好之，慨然解配，以表心意，报之情深。此番情趣，与"投我以木瓜，报之以琼琚"有异曲同工之妙。

年少夫妻，缱绻之情，好比姹紫嫣红，繁弦急管。愿少年气盛，佳人不老，交杯换盏，一醉方休。"同声若鼓瑟，合韵似鸣琴。"紫陌红尘，锦绣人间，哪怕是市井人家，小户院落，也藏着一种繁华深邃。柴门竹舍，粗茶淡饭，自有一种惊心。

真正的爱情，是经历了生活的磨砺、岁月的消损，依旧不离不弃，始终和美相亲。然万事皆有始终，若无初时的绵绵爱意，又何来之后的悠悠情长。多年朝暮与共，或清贫忧患，或富贵荣华，都是一生的归依。

《毛诗序》谓"刺不说德也。陈古义以刺今不说德而好色也"。朱熹《诗集传》则说"此诗人述贤夫妇相警戒之词"。再读《女曰鸡鸣》，如临其境，意趣盎然。文中的悠扬婉转，恰是《诗经》之雅趣。

中国民间有许多如《诗经》里这样传统贤良的女子，她们无柔艳风情，却端正婉静。她们如春风桃杏，携着香气，行走于人间，万般珍惜。好似天上的花神出游，历尘劫，尝爱恨，报深恩。又或者，只是无缘由地来了一场，无所求，无所依，宛若水清见石，风过无影。

"宜言饮酒，与子偕老。琴瑟在御，莫不静好。"恍然觉得这人世从未有过离别，我还是当年的女孩，在花厅亭榭下嬉戏。父亲和母亲的生死之别，也不过是窗下与长廊的距离。他们不会永远相离，或三年五载，甚至更长，但终有重逢之日。那时候，依旧是桑茶人家，溪流桥影，他还是济世治病的郎中，她仍为勤劳贤惠的善人。

　　窗外的雨，墙院的藤，案几的茶，各怀心事，各有所悲，各有所喜。自古多少英雄美人，爱过怨过，都有他们的境界。我不及那《诗经》里的女子，如山间的栀子、茉莉，喜阳光，又惧风雨。

　　我是万事不与人争，亦不求琴瑟相谐，但愿人安物好。坐饮山水，人比茶静；寄身花下，人比花低。

岂不尔思？子不我即

《诗经·国风·郑风·东门之地墠》

东门之墠，茹藘在阪。其室则迩，其人甚远。

东门之栗，有践家室。岂不尔思？子不我即。

人世最远的距离，不是云水相隔，迢迢千里，而是身虽咫尺，心在天涯。身居两处，其情为一，则看花知韵，见月莞尔，知那一人所喜所恋，所持所求。唯叹今生不能携手，共赴深稳凡尘，令人黯然神伤。

秋风夜静之时，必也临风思客，步月寻雅，抑或寄情蛮笺，幽思在纸，未托鱼雁罢了。落花遍洒之时，自也寻遍楼台，斜倚栏杆，或轻酌浅饮，抚花轻嗅，或置琴推弦，漫抒泠泠之韵。仿佛偎依身侧，随步随行，未曾远离。

旧时姻缘，不必远寻，多是乡中故旧，村南村北人家。夫妻二人，居处不远，守着一条河流，一处青山，一般的春秋冬夏，同样的乡土风情，甚至看过同一片云，赏过同一树花。

到了待嫁年华，彼此心仪，就与父母商定，托媒人撮合。几匹素布，一对鸳鸯枕，红烛照彻良宵，如此便成就了一世姻缘。寻常的男女相悦，百姓夫妻，彼此间没有诗情画意，更无海誓山盟，却是真心相守，坐看白头。

这篇《东门之墠》，《毛诗序》说："刺乱也。男女有不待礼而相奔者也。"《郑笺》说："此女欲奔男之辞。"两者都认为是私奔之词，而我觉得是相思之词。这种单相思之美，在于欲说未说，欲答未答。

恍若霞色临波，莲花欲开未开之时，轻烟绕水，经不得春风戏惹。薄风一过，已是漪生几许，柳荡三分。女儿心思，本即美如桃花，娇若芙蓉，是为世间之绝美。整部《诗经》的美，一半亦在于此。

　　"其室则迩，其人甚远。"人之为情，飘忽若云。虽远隔千里，或相思日夜；虽朝守夕处，却恍若不识。处之数载，一朝梦去成空，偶然相逢，或成一世相守。其间不因人之善恶，亦无关相貌，无关才识，细思其因，归于缘字。也应了古话："无缘对面不相逢，有缘千里能相会。"

　　佛家有语："前缘相生，因也；现相助成，缘也。"缘分之事，有其因，有其果，多少偶然之间，又有着必然。《红楼梦》中有个龄官，长相、气质很像林黛玉，文中这样写道："眉蹙春山，眼颦秋水，面薄腰纤，袅袅婷婷，大有林黛玉之态。"龄官除了外貌，也有与黛玉一般的敏感与清高。

　　宝玉知道了龄官与贾蔷的关系，也明白了她用簪子画"蔷"字的深意，被雨淋湿亦无知觉。回去与袭人说道："昨夜说你们的眼泪单葬我，这就错了。我竟不能全得了。从此后，只是各人得各人的眼泪罢了。"于此，他悟到了一个道理，即人生情缘，各有分定。

　　明代卓人月所著《古今词统》里，记录着一事。有位才女萧淑兰，见有个借住其家的人才貌双有，甚慕之，填了一首词，表达心意。谁知那人得了词，却不辞而别。萧淑兰心中郁闷，于是又填了一首词，遣其伤情，"有情潮落西陵浦，无情人向西陵去。去也不教知，怕人留恋伊。忆了千千万，恨了千千万。毕竟忆时多，恨时无奈何"。

想来男女之间，纵有深情，倾慕时久，亦不敢轻言，怕一朝表白遭拒，再难回头。正因这些，往往埋藏岁久，直到错过。又或朝思暮想，魂牵梦萦，为之付出所有，却未能换回一次擦肩回首。

金岳霖心中一直住着林徽因，但林徽因有了梁思成。两家毗邻而居，亦常见面，彼此惺惺相惜，引为红尘知音。金岳霖一生未娶，只为所慕，情之深者，不过于此。菟丝附女萝，梧桐相待老，是物中真情；鸳鸯会双死，向镜绝孤鸾，是禽中真意。而一生只爱过一个人，守过一段情，亦是人之情绝。

若有情时，只为了临去时那一次回望，即可让人相思成河，积满心堤，岁岁年年，朝朝暮暮。若无情时，相望不过草木，心中亦如铁石。

"君似明月我似雾，雾随月隐空留露。君善抚琴我善舞，曲终人离心若堵。只缘感君一回顾，使我思君朝与暮。魂随君去终不悔，绵绵相思为君苦。相思苦，凭谁诉？遥遥不知君何处。扶门切思君之嘱，登高望断天涯路。"这首《古相思曲》写了一段相识，却是无有终始。不知何时何日，君抚琴弦，我再舞，为一曲阳关千古，为今生的朝朝暮暮。

人的一生，注定要走过许多风景，遇到许多人，而每一次相遇，皆有得失。有些为浅淡之交，有些是浓情似酒。有些人离去，再未转身。有些人相遇，已是不识。有些人却陪伴着，走过了漫长岁月。从幼时的志趣相投，到后来的求同存异，再到之后的各奔东西，皆有缘分，无多强求。

我当深知，人各有其志，不是容不下彼此，而是相互之间已生疲倦之心，再无走下去的理由。皆因人之为情，必求回报。我送你秋风明月，你还我湛湛江天；我陪你流年似水，你还我岁岁年年。于物，方无求无欠，可从容相待，任意为之。

"岂不尔思？子不我即。"非我不思你，是你不思我；非我情浅，是你情绝。三生石畔，多少有情人错过了前世，又错过了今生。《枉凝眉》唱道："若说没奇缘，今生偏又遇着他；若说有奇缘，如何心事终虚话？"

　　有些人在等待中，错过了彼此；有些人却因多情，迷失了归途；还有些人在痴守中，误了终生。只好如乐婉词中所言："相思似海深，旧事如天远。泪滴千千万万行，更使人、愁肠断。要见无因见，拚了终难拚。若是前生未有缘，待重结、来生愿。"

　　回念旧事，相思若海，故人一颦一笑，一言一语，恍若昨日。奈何泪洒千行，愁肠百结，却是相逢无期，从此陌路。皆因缘之长短，情之浅厚，于人如此，于物亦如此。回首茫然，河山依旧，人事随了春风，下落不明。

　　人之所恋所喜，任是琴书花草、飞鸟虫鱼，皆为缘法。恋于竹者，听雨意潇潇，回看风云，几多幽心托寄；恋于诗者，清吟晨昏，琢句楼头，观飞雪有色，听月落有声；恋于人者，则看朱成碧，憔悴支离，以至于"记得绿罗裙，处处怜芳草"。所思所感，所闻所睹，皆与伊人消磨。

　　纵有相思无处寄，方知花月最无心。人无情而物有情，人无心物却有灵。人之为情，入云则雨，入水则波，入句则诗，入竹则风，入了无尽相思，终了无凭。又如李太白《秋风词》中所言，"入我相思门，知我相思苦"。不入其间，不知其苦，一入，误了三世三生。

165

　　世间还有一种不可言说的幽情，比之错过的相思，更令人心痛不已。古代深宫女子居于高墙之内，形若池鱼，拘若笼鸟，出行不过亭桥，游赏不过花竹，穿不了门前半步，入不得红尘半晌。守老了阶上青苔，抚旧了栏杆漆色，望断了春秋冬夏。

　　于此清寂孤绝之时，无人可语，唯有寄心明月，诉苦花木。我爱元稹《行宫》一诗："寥落古行宫，宫花寂寞红。白头宫女在，闲坐说玄宗。"其诗所描述的，是当时深宫女子的真实写照，寂寂光阴，剪剪愁思，读来令人感伤。

　　中唐诗人顾况，那日与诗友玩赏，于宫墙外的水流中，捡得一片红叶，上面题着诗句："一入深宫里，年年不见春。聊题一片叶，寄与有情人。"

　　顾况知是深墙之人所题，次日往水之上流，亦题上一诗，随水漂入宫墙。诗曰："花落深宫莺亦悲，上阳宫女断肠时。帝城不禁东流水，叶上题诗欲寄谁？"

　　数日后，有人于水流中捡着红叶，交给顾况，有诗："一叶题诗出禁城，谁人酬和独含情？自嗟不及波中叶，荡漾乘春取次行。"

想来顾况读罢，定也断肠，奈何宫墙深深，隔阻了一切希望。绝代佳人，竟不如一枚红叶，随水沉浮，经过锦绣如织的人间。那位题诗女子，怎样姿色，芳龄几何，旧乡何处？顾况一无所知。唯于字里行间，感受她的惊世才华，兰草之品。

她是否会将宫墙之外那无缘相见的才子铭记一生，直到一朝病死，冷了枯骨，芳魂不知飘去何方，觅寻何人？顾况抑或在伤情中思慕着那位佳人，空让红颜成白发，不可相望诉衷心。

许多年后，飘零的红叶片片随着御沟流出宫墙，犹然题着断肠诗，却不见了断肠人。而《诗经》中那些让人伤怀的句子，亦流过唐句宋词，明清诗笺，再落在你我的书案，惹来春愁秋怨，又恍若天女散花，不着痕迹。

青青子衿，悠悠我心

《诗经·国风·郑风·子衿》

青青子衿，悠悠我心。纵我不往，子宁不嗣音？

青青子佩，悠悠我思。纵我不往，子宁不来？

挑兮达兮，在城阙兮。一日不见，如三月兮。

一夜的雨，醒来风雨依旧，窗外早已落红满径。这样的景致，年年如此，只是身边的人事，在悄悄地转换。旧物情深，伴我红尘徙转，无有怨悔，唯有相知的喜悦。人亦非薄情，奈何各有宿命，或妥协于生活，或听命于安排，岂敢随意妄为。

佛经云：得失从缘，心无增减；有求皆苦，无求乃乐。我当知随缘喜乐，万事有因，但心中始终存愿，唯求成全。人世谁不苦，苦也要苦得有风骨，见情义。所谓的乐，也如花开一瞬，月圆一时，何来的地久天长？

张九龄有诗："谁知林栖者，闻风坐相悦。草木有本心，何求美人折？"自古文人多傲骨，孤芳自赏，冰雪有声。但他们一生，或为名利，或为情爱，苦苦相求，爱慕很多，相悦太少。

想当年李清照与赵明诚恩爱，夜里红烛高照，夫妻赌书泼茶，饮酒相欢，怎管他风雨敲窗！纵绿肥红瘦，亦不减其诗情词意。太平盛世里的文章，亦如朗月繁星，不负人意。中国民间的爱情，恰如风月花影，丝竹雅乐。

我喜欢旧时男子的儒雅，也喜欢旧时女子的安静。他们于花枝下偎侬，厅堂里对坐，这般知心，可生可死。我亦喜爱深院巷陌平淡夫妻的朝夕相见，在一起也有猜嫌，有顾忌，甚至有争吵，却到底相亲。

母亲说此一生，不知情为何物，但又知夫妻间当相敬如宾。父亲若有事出趟远门，她也不去路亭相送，也无相思。守着人烟阜盛的村落，约伴去拔笋采菇，归家做鲜美菜肴。黄昏时喂养好牲畜，打理碗盏。夜深庭静，灯影下见儿女酣睡，她亦心安。

自古文人的爱情繁华也冷漠，深邃也薄浅。他们用世间最美的诗词，言说内心的相思与感动。相爱时愿同生同死，不离不舍；一旦有了新欢，旧人便成了转身即忘的风景。多少人盼着与过去诀别，最好一生一世不要再有交集。

有那多情女子，为盼良人，坐断中宵，把高楼望穿。一生只为情苦，惹得容颜瘦减，花枝堪损。到最后，或被辜负，遗憾终生。亦有佳人得偿所愿，择一城终老，遇一人白首。不为千古佳话，只要温柔安详，携手走过缘起缘灭。

《诗经》有云："青青子衿，悠悠我心。纵我不往，子宁不嗣音？"这女子相思萦怀，心中幽怨难消。那男子穿着的衣饰，都让她刻骨铭心，念念不忘。她于城楼上翘首相望，盼着他涉水而来，与之相会。她说："纵然我不能去赴约，难道你不可把音信相传？"

"青青子佩，悠悠我思。纵我不往，子宁不来？"流年易逝，红颜如草木，一春一木，姿容便不再清新华丽。她已是相思恣意，毫无保留，悠悠情怀，不得释然。只是那与之有过诺言的良人，究竟去了何处？她道："纵然我不能去找你，为何你不能主动寻来？"

"挑兮达兮，在城阙兮。一日不见，如三月兮。"伫立于高高的城楼上，望不尽天涯道路，倚不尽十二栏杆。一日不见啊，恰如三月般漫长。等待让她心烦意乱，她盼良人有信，不负相思，愿岁月长宁，不落无常。

她且放下了女子的含蓄婉转、谦逊矜持，一心盼着与所爱之人重逢。她本佳人，貌美多才，又同世间许多女子一样，相思怀远。她以为，重逢之后再无别离，以为相守便是一生。她以为，这俊朗逸然的男子来到身边，就可无忧无虑，男欢女悦。

世间种种，皆不由心，皆不如意。也许她等候的恋人会突然而至，令其喜不自禁。也许这个人经过世乱风雨，断绝情爱，奔赴前程。每一段情感，都如一场序曲，再华美，也有终了之时。

她自是将所有的情意托付出去，寄厚望于他人。人生因有爱，故而生出忧思惊惧。若无求于人，日子平实洁净，见风雨落花，望楼台月色，也不必感怀。人的一生有许多欠缺，脱不了情爱之苦，度不过灾难劫数，忘不了功利营营，都是执念，皆为遗憾。

《毛诗序》曰："《子衿》，刺学校废也。乱世则学校不修焉。"《孔颖达疏》解释道："郑国衰乱不修学校，学者分散，或去或留，故陈其留者恨责去者之辞，以刺学校之废也。经三章皆陈留者责去者之辞也。"

《诗经》里的兴，说的是天道人事，比佛理要好，不见王气，又有一种平正。《诗经》里的男女，似乎都不够婉转清扬。因为年代久远，非秦非汉，远胜桃花源。那里的男女，布衣装扮，往来耕织，桑竹鸡犬。他们的爱情似庭前疏淡的炊烟，如檐下游走的白云，若徜徉竹林的细雨，简明烂漫，平淡相依。

人与人相处，纵不生情愫，哪怕只是陌上相逢，林间邂逅，也有一种妙乐。后来动了凡心，有了情感，便有了愁思离恨。世上的情劫如利刃，伤人又无痕。可千百年，多少人都在受此番苦难，有才的尚可寄付诗词，寻常人的相思都还给了岁月。

"相思了无益，悔当初相见。"人生许多的相见便是一劫，只因来日总有散场之时。聚时若花开，相看欢喜，别后没了情义，全然忘记当初的才子之思、红粉之恩。有时觉得凡人说爱，太过轻薄，既给不了安稳，伴不了天长，何必当初？

"一寸相思千万绪，人间没个安排处。"年轻时，羁旅漂泊，如红尘倦客，无所归依，总觉青丝红颜，人间无有安排处。今时有了遮风挡雨之所，仍觉人生如寄，草木皆兵。我在书中读过汉宫的庭院，大唐的盛景，以及宋朝瑰丽的城池。这一切，连同古人的爱情，一起消逝湮灭。

"晓看天色暮看云，行也思君，坐也思君。"相思之人，仿佛中了巫蛊之术，用尽良药，心里的结始终解不开。任何事物，皆不能转移心性。这个过程，也许几个朝夕，也许三年五载，也许一生一世。其间的绵密熬煎，诸多不安，令人心事沉重，远胜过乱世忧患，乃至生灵涂炭。

因知情苦，故而避之绕之，愿淡泊如水。唯怕陷落轮回，一生跌宕，不能自身清好。想那《诗经》里的女子，到底是勇气过人，令相思飞扬，不管不顾。如那白娘子，宁坠凡尘，水漫金山，受塔下之苦，偏爱这无情的人间，偏爱许仙。

愈是年岁增长，愈甘愿平淡渺小。我让自己低过花枝，低落尘埃。于窗下煮一壶老茶，或于佛前的蒲团读经，心思不静，在

173

荆棘中穿行，仍故作端然。蒲柳之姿，才情淡淡，岂敢虚华，但图个春雨庭静，立命心安。

宁可爱梅成痴，嗜茶如命，也忌那相思之苦。沦落尘世，都尝过人情炎凉，有过伤怀悲惋。或怀才不遇，或误落尘缘，只管糊涂，若认真了亦当无悔。

我想着，有那么一天，一个人，归去林泉，风日做伴，不要情爱。从前有过的相思，亦可以忘却。光阴有限，又无限。《诗经》里的女子，仍信相思情缘、时运流年，而我早已被岁月漂洗得心思寂然，简净如玉。

卷五 ◎ 蒹葭苍苍，白露为霜

所谓伊人，在水一方

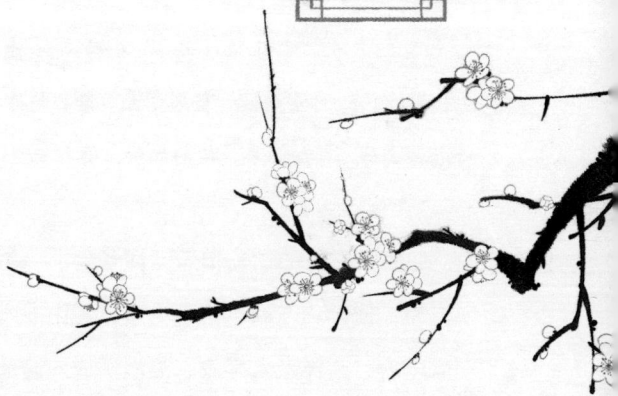

一三千年前那朵静夜的莲开一

有女如云，匪我思存

《诗经·国风·郑风·出其东门》

出其东门，有女如云。虽则如云，匪我思存。缟衣綦巾，聊乐我员。
出其闉阇，有女如荼。虽则如荼，匪我思且。缟衣茹藘，聊可与娱。

李白有诗："长相思，在长安。……美人如花隔云端。"原
以为，他琴剑江湖，诗酒为乐，观山戏水，足以滋养一生闲情。
原以为，这样豪气奔放、浪漫洒逸的谪仙人，当不为名缚，不为
利捆，更不为情迷。

他此生心系长安，辗转江河，亦邂逅了许多无理的情缘，惹
下莫名的相思。自古文人多情，他既免不了生老病死，又怎能脱

离恨海情天？看罢唐明皇和杨贵妃的生死之恋，见过贵妃之花容月貌，写过"一枝秾艳露凝香，云雨巫山枉断肠""名花倾国两相欢，长得君王带笑看"的诗句，又如何能做到置身事外，花草不沾。

弱水三千，只取一瓢。世间美物繁多，佳人如云，许多人身落其间，不知如何取舍。到后来，竟误了机缘，负了佳人。所谓择一事，终一生，携一人，至白首，便是如此。千万人之中的遇见，自当惜之不尽，又怎敢轻易始乱终弃，伤人累己？

林黛玉风姿绝代，才压群芳，于大观园她是那出类拔萃之人。她和贾宝玉自小情投意合，心事相通，亦是郎才女貌，金童玉女。奈何因一段金玉良缘，她从未有过片刻心安。宝玉衔玉而生，偏偏那持金之人是薛宝钗，况且她品格端方，天资聪慧，又有显赫的家世，这一切于林黛玉都是忌讳。故平日里她对宝玉和宝钗的相处存有芥蒂，不得释怀。

宝玉知她素日心意，亦懂她多年愁思，落下一身病，时好时坏。只对她道："任凭弱水三千，我只取一瓢饮。"宝钗的好与不好，美与不美，皆与之无关。世间佳人芸芸，而他心中唯有黛玉一人，此为诺言，亦是真心。

宝玉知黛玉忌讳金玉良缘，几番摔玉，海誓山盟。黛玉亦将他认作知音，又到底心惧人情冷暖，知婚姻大事非他们自己做得了主。她倾尽情爱于宝玉，又将信任托付给了贾母。她自己虽是冰肌玉骨，却始终自称草木之人。她重建桃花社，夺魁菊花诗，题写咏絮词，多年喜忧参半，到底是幻梦一场。

人生如戏，入戏太深，难免伤怀。著书撰文如此，谈情说爱更是如此。至今我们仍不知是庄周梦蝶，还是蝶梦庄周，又或许一切都不曾有过。多少人可以守着初心，只与一人同生共死，忠贞不渝？只道天涯何处无芳草，一旦遇了佳人，便忘了当初诺言，于万花丛中流连忘返。

《诗经》写："出其东门，有女如云。虽则如云，匪我思存。缟衣綦巾，聊乐我员。"这男子果真是专情之人。他漫步于城东门，见美人如云，盛装华服，芬芳袭人。然这么多衣饰鲜丽、灿然倩婉的女子，皆非他所思之人。唯有那衣着简朴、素装天然、头戴绿巾的女子，令其心动，情有独钟。

"出其闉阇，有女如荼。虽则如荼，匪我思且。缟衣茹藘，聊可与娱。"踱步于城门外，见美人恰如菅茅之花，缤纷笑靥，美不胜收。纵然她们姿容绝色，亦非他所怀之人。唯那素衣红巾之女子，令他心生爱慕，魂牵梦萦。

　　她没有华服相衬，无浓妆粉饰，只是一位素净淡雅的贫家女子。这女子因为他的喜爱，令诸多如花的美人黯然失色。她素淡的美，令他心旌摇曳，喜悦不安。女子的美，千般姿态，他独爱她白莲出尘，秀丽亭亭。

　　爱情如谜，原本微妙难猜，只有身处谜境之中的人，方知谜底。"虽则如云，匪我思存。"你纵是花容月貌，举世无双，我不为所动，又能如何？两心相知，无有贫贱之别，多少世俗之礼，纷扰羁绊，皆可忽略不计。于有情人来说，爱伟大无私，如珍似玉。于薄情人而言，爱渺小飘忽，微不足道。

　　《出其东门》所描绘的，是男女聚会于郑都东门外的一幕。郑之春月，乃士女出游、谈情说爱之美好时令。远古时代，男女亦有踏青赏花的节令。他们簪花喝酒，亭园游春，水畔相会。或为这金风玉露的相逢，或只是逢场作戏。一次简单的邂逅，有人刻骨惊心，有人转瞬便忘。

　　宋代朱熹《诗集传》："人见淫奔之女而作此诗。以为此女虽美且众，而非我思之所存。不如己之室家，虽贫且陋，而聊可自乐也。是时淫风大行，而其间乃有如此之人，亦可谓能自好而不为习俗所移矣。羞恶之心，人皆有之，岂不信哉！"

杜甫的《丽人行》写："三月三日天气新，长安水边多丽人。"想来那美人云集处，自有一株芳草，是你所爱慕的。但更多的是，乱花渐欲迷人眼，如鱼戏莲叶间，甚至分辨不出真假。太过绚丽的景象，如同云烟，美得让人捉摸不定。唯寻常山川草木，现世人家，才是安稳亲切。

画堂双燕，游龙戏凤，世上男女，自有缘法。若没有他，世界是寂寞的；而失去她，天下必然动荡不安。闻弦歌知雅韵，观落花知春尽。繁盛时感荒芜，落魄时造声势。万事万物，相依相安，或运数，或情爱，或仅仅是寻常的生活，皆莫过如此。

春秋战国，魏晋南北朝，乃至唐宋元明清，荡荡世景，悠悠人间，都是一样的风俗。于山川风日里，衣食住行，爱恨离合。盛世里清扬喜乐，乱世里谦卑低沉。天地无穷，男女心意，得意的是爱情，失意的也是爱情。

人在爱情面前，高贵时如坐云端，卑微时又萎落成尘。亲密时，草木也抵万贯家财；厌恶时，千金亦不过是一张薄纸。见过冷暖人情，尝过炎凉世态，动过心，用过情，如《诗经》里的爱恋，这般春思烂漫，终是草草作罢。

　　他年陌上游春，亭园惊梦，所为的，亦不是与谁相遇，更不为重逢。众生芸芸，或才子云集，或美人如花，皆只是一时的惊艳，又怎会有长久的明媚。万物有佛性，也是喜怒不定，爱怨无常，聚散难测，以慈悲心待之，纵是凄凉，也是一种风光。

　　《诗经》里的故事，分明是平民的岁月，却又如瑶池仙境。那时的天地人世，或桃李争妍，或琴瑟和鸣。连耕种也觉得有情，相思也觉得有理。他们可以自由相约，即景生情。两个人，没有世俗阻隔，缓慢地走下去，不觉已是地老天荒。

有美一人，清扬婉兮

《诗经·国风·郑风·野有蔓草》

野有蔓草，零露洀兮。有美一人，清扬婉兮。邂逅相遇，适我愿兮。
野有蔓草，零露瀼瀼。有美一人，婉如清扬。邂逅相遇，与子偕臧。

《朱子家训》写："黎明即起，洒扫庭除，要内外整洁。"
我虽性情散淡，不拘小节，素日里亦是勤俭朴实，安分守己。晨
起打扫庭除，室内洁净无尘，再焚一炉香，煮一壶茶，便是一天
的开始。

小院里四季花木不减，打理时顺便折一朵斜插在鬓际，或供
于案几的瓷瓶陶罐中。这是我与它们的私情，一如我与文字，早

已到了境界，妙乐无言。人情物意自有一种热闹和欢喜，它可以让你低落沉郁，亦可以令你心绪飞扬。时代不同，万物与人的情感亦不同。你可以忽略，但不能轻薄；可以清淡，却不可漠视。

《浮生六记》里的沈复和芸娘亦是爱花成癖。平日里，静室焚香，一瓯清泉，凝神遨游于花石盆玩中，美妙光景，令其怀念一生。后芸娘亡故，他独自困于烦喧熙攘的人世，羁旅坎坷，唯有几壶浊酿、萧疏的花木，伴他梦梦醒醒。

人有闲情时，还要有闲心。所谓的闲，并非静止，而是心的清安。旧时，耕种采作，稼穑纺绩，捕捞狩猎，于日月山川里，自有一种风光明媚，好处难言。过长亭短亭，流水轻烟，于柴门陋室，把酒话桑麻，预测天相，也是一番闲趣。

吴越王钱镠目不知书，然其寄夫人书云："陌上花开，可缓归。"其夫人贤淑温顺，虽嫁给吴越王，做了一国之母，仍怀乡土情结，舍不得父母双亲。吴越王也是性情中人，见时下已是万紫千红，心念发妻，故提笔写了一封书信，简洁数语，情真意切。

《诗经》里歌咏的，与繁城闹市、楼台宫殿无关，大多是采集、砍伐、狩猎等户外的场景。哪怕是送别之景、相思之苦，或偶遇，或求索，皆是繁闹景象，离不开山川道路、风俗人情。山风有言语，草木有清香，劳作有所获。这一切都是大自然对世人的诸多情意，自当感恩深藏。

《诗经》里的女子，多为凡女，素简雅淡，不施粉黛。着素布，裹头巾，如春风日丽，有花木的鲜妍和贞洁。"有美一人，清扬婉兮。"说的便是这样清丽纯朴的农家女。她的美，如路畔桃李、山中栀子、篱院茉莉，不惊艳娇俏，一个眼波，顾盼神飞，足以使天地清安。

与这样纯洁的女子相遇，自是在山野之外，田埂阡陌。"野有蔓草，零露汋兮。有美一人，清扬婉兮。"日丽风和，晨露晶莹，春草如茵，枝叶繁盛。就是在这样一个春晨郊野，邂逅了一位清丽佳人。她姿态轻柔，风情雅然，美目流转，清扬婉兮。

"邂逅相遇，适我愿兮。"不期而遇，亦是缘分。明明只是初相见，却宛若旧相识。她秀丽的眉目，婉静的容颜，曼妙的身姿，是他梦寐以求的模样。

"野有蔓草，零露瀼瀼。有美一人，婉如清扬。邂逅相遇，与子偕臧。"乡野的草木翠绿如茵，清澈的露水恰如她的素心清颜。这样一位俏丽佳人，清纯如碧水清波。不约而至的相逢，竟让彼此心生爱慕，一见钟情。多情的男子偶遇美丽的姑娘，为其淡淡秋波心动，愿与她共结连理，携手话柴桑。

那是个民风淳朴的时代，没有俗世的繁文缛节，亦无教约的戒律清规。既是彼此有缘邂逅，两情相悦，自可永结同心。蔓草可做良媒，拜过天地、父母，便是尘世夫妻。从此同住在一个屋檐下，这清扬婉兮的女子，是他爱慕的妻。

《毛诗序》认为这是美好心愿的诗意想象，"《野有蔓草》，思遇时也。君之泽不下流，民穷于兵革，男女失时，思不期而会焉"。宋代的朱熹则认为，"男女相遇于野田草露之间，故赋其所在以起兴""言各得其所欲也"。

当年贾宝玉和林黛玉初会，宝玉看罢这仙子一样的妹妹，笑道："这个姊妹我曾见过的。"后又说："虽然未曾见过他，然看着面善，心里像倒是旧相认识，恍若远别重逢的一般。"可见，世间男女情缘，皆是天定。在光阴的路口，总有那么一个人，是你命里的劫。

倘若没有石崇，这世上根本不会有人知道，在偏僻的绿罗村，有一个女子叫绿珠。就是这样一个尊贵的路人，改变了她一生的命运。只因一个回眸，他便用十斛珍珠买下了她，将她带离绿罗村，让她做了自己的女人。

她住进了金谷园，尝尽世间一切繁华，过着锦衣玉食的生活。每次宴客，她必出来以歌舞相待，宛若惊鸿。不久，赵王伦的亲信孙秀索要绿珠，石崇不允，惹下杀身之祸。绿珠流泪道："当效死于官前。"随后，坠楼而亡，殷红的血染透了绿衣。

杜牧有诗："繁华事散逐香尘，流水无情草自春。日暮东风怨啼鸟，落花犹似坠楼人。"说的便是绿珠。倘若没有那场美丽的邂逅，亦不会有坠楼的悲凉。她或许在绿罗村，嫁了一个寻常的村夫，不求恩爱情长，只图温饱度日。

她叫绛娘，居住在博陵城南一座普通的农庄。她只是一个普通的农女，闲时用桃花做些胭脂，和她的老爹过着朴素的生活。他是那个打马而过的书生，倘若他不曾敲叩她的柴门，此一生亦不会有人知道她的存在。

他来过，又离去。他们之间，来不及发生任何故事，她已是情根深种。他不曾许下承诺，亦无须去赴那场约定，但他终究还是去了。去时柴门深锁，佳人杳渺，唯妖艳的桃花，笑傲春风。他感慨万千，于墙院上，题下一首诗："去年今日此门中，人面桃花相映红。人面不知何处去，桃花依旧笑春风。"

她叫绛娘，不知去了哪里。有人说她相思断肠，他走后不久，她便香消玉殒。有人说，她离开城南，嫁至远方。也有人说，她只是去山间采桑，于溪畔浣纱，或去了邻镇的集市，卖她自制的桃花胭脂。只是人面不知何处去，令这位叫崔护的书生独自于桃花树下，黯然神伤，无以复加。

后来遇美人，便想起《诗经》之句："有美一人，清扬婉兮。"仅二句，足以抵却万千诗词，胜过百花瑰丽。那时的女子，或萍或葛，或蒹或葭，皆为朴素低微的植物，却最是天然纯净。一如晨起的霞光、雨后的清风、雪中的青竹，任何时候看，都是好的。

读曹植笔下的宓妃，乃至沉鱼的西施、落雁的昭君、闭月的貂蝉、羞花的玉环，她们的美，自是惊为天人，凡间何处可寻？但《诗经》里的女子，她们的美，可以是一株桑、一竿竹，或是最平凡的水草；一个浅笑，一声细语，皆有情义，让人如沐春风。

先秦的香草，晋时的菊，唐时的牡丹，宋时的梅，所说的是隐士，更是美人。一个朝代有其气势风骨，文化底蕴，或散淡自由，或庄严拘谨，或重男耕女织，或崇尚佛道，或为曲赋诗词，各有其形，各得其韵。

这世间，有人相逢太早，有人相逢恨晚。是英雄，终有末路之日；是美人，总有迟暮之时。但求活在当下，不问情短情长。来年春风陌上，你依旧清扬婉兮，不娇不媚，简净如水。

所谓伊人，在水一方

《诗经·国风·秦风·蒹葭》

蒹葭苍苍，白露为霜。所谓伊人，在水一方。

溯洄从之，道阻且长。溯游从之，宛在水中央。

蒹葭凄凄，白露未晞。所谓伊人，在水之湄。

溯洄从之，道阻且跻。溯游从之，宛在水中坻。

蒹葭采采，白露未已。所谓伊人，在水之涘。

溯洄从之，道阻且右。溯游从之，宛在水中沚。

我对秋天有一种特殊的情结，因年少时的善感，也因它是文人笔下情深的风景。江山晚秋，水畔芦花似雪，小桥上茫茫霜迹，有人忙着收获，有人忙着送远。"庭前落尽梧桐，水边开彻芙蓉。"萧索的枯藤老树，竟忘了曾经有过的翠绿繁华。

郑板桥有词："花亦无知，月亦无聊，酒亦无灵……看蓬门秋草，年年破巷；疏窗细雨，夜夜孤灯。"原以为他只作画，却也写诗。他道人生难得是糊涂，却也只是因仕途不顺。卖画扬州，闲游烟花柳巷，于酒中寻醉，于画中自醒。一枝一叶总关情，他的一生便是在竹枝兰影中度过。

我所爱的仍是王维诗中的秋，清新如画，空灵若禅。"空山新雨后，天气晚来秋。明月松间照，清泉石上流。"他笔下的浣女，于竹林深处，素布翠衫，说不出的静婉温柔。晚秋庭院，秋风瑟冷，晾晒了衣衫，于厨下生火烹茶煮饭，又是一种端庄娴雅。

人世最美的风景，是炊烟村落，竹舍旧院，桑茶春水，菊圃秋风。最美的女子，仍在三千年前，走过迢遥的依依古道，穿过岁月逶迤的阡陌，在河之畔，在水一方。西风残照，世事如梦，秦汉的宫阙，唐宋的城池，乃至明清的建筑，都已化作尘埃，而她们是尘埃里的花朵，依旧明媚。

《诗经》写春月时令的多，写晚秋凋零之景的少。《诗经》

是民歌，亦为礼乐，虽是世俗人家，却是无穷无尽的兴。真实得
让人安稳感动，像百花和春风商量着颜色，百姓与春雨猜测着时
辰。他们的诗句朴实婉转，他们的情感亦真挚自然，既无浮词，
也无修饰，像大地山河那般豁达无私。

《蒹葭》是《诗经》里我极为喜爱的一首诗，千百年来，亦
受文人雅士追捧。《诗经》之意是兴，托物起兴，以物来渲染情
感，让诗文风姿清扬。"关关雎鸠，在河之洲""桃之夭夭，灼
灼其华"，乃至"蒹葭苍苍，白露为霜"，或借雎鸠于河畔嬉戏
唱和，或写桃花怒放之势，或写茂盛蒹葭于风中摇曳，如此便添
了诗意，有了深蕴。

蒹葭，芦苇也。芦苇植于水畔，是乡野间最为寻常的草木。
它非花非草，远避佳节时令，静静滋长于河沿沼泽处，葱郁繁
茂，花开时轻灵似雪。芦苇，与柳絮、浮萍一般，皆是飘零之
物，在风中飞舞，聚散随缘，离合有定。

以飘零之物，寄寓情思，亦是恍惚不测，迷离虚幻。情爱缥
缈，皆因人心捉摸不定。有缘相遇，还要相知相欢；纵相知相
欢，又要相惜相伴，方可久长。蒹葭，飘落于水上，命运不能自
主。但它终有根，虽卑微渺小，却不至于寂灭。人之情感亦如

此，纵是一场幻影，只作当下的不顺，待机遇来时，仍有良缘等候。

"蒹葭苍苍，白露为霜。所谓伊人，在水一方。溯洄从之，道阻且长。溯游从之，宛在水中央。"蒹葭飘忽，郁郁苍苍也是风光无际，到底让人迷惘。深秋的白露，已凝结成霜。露之为物，转瞬消亡。情之为物，幻化无形。是为苦，亦为乐。

那位女子，在水一方。逆流而上，去寻找她的踪迹，道路漫长。顺流寻之，她又宛若在水中央。她之倩影，迁徙不定，仿佛雾里看花，若隐若现。明明就在水的那一方，于她的居所，根本无迹可寻。

"蒹葭凄凄，白露未晞。所谓伊人，在水之湄。溯洄从之，道阻且跻。溯游从之，宛在水中坻。"繁密蒹葭，泠泠露水，若一幅淡雅朦胧的水墨画，一种空灵缥缈的意象。那位曼妙的佳人，在水之湄。他来来往往，匆匆将她寻觅，奈何道路险阻，难以攀附。她亦是来去飘忽，行踪渺茫，待你顺流找她，她又在水中的岛上。

"蒹葭采采，白露未已。所谓伊人，在水之涘。溯洄从之，道阻且右。溯游从之，宛在水中沚。"蒹葭稠密，白露未干，这位佳人啊，在水的那一边。他知道路险阻难求，仍锲而不舍，只为换她一次转身，一个回眸。一切悲喜得失，尽在这来往的寻找中。她似花非花，如雾非雾，他几番决意相寻，虽无缘谋面，却不气馁。

《金刚经》云："一切有为法，如梦幻泡影，如露亦如电，应作如是观。"但无形之万物，到底有情有灵。情如花枝，万千繁花，且寻一枝属于自己的，要有缘，又需静。

曹植有诗："朝游江北岸，夕宿潇湘沚。"这位南国佳人，一如在水一方的女子，形影飘忽，令人无处可觅，无从知晓。世间美好的物事，若春花秋风，存在于茫茫天地，又辗转难寻。

古人视《蒹葭》为劝人遵循周礼，或惋惜招引隐士而不可得。《诗经通论》云："此自是贤人隐居水滨而人慕而思见之诗。"今人则认为是一首爱情诗。多情的男子追求水畔的佳人，他不惧阻隔艰险，往来不疲，有欣喜，也有失落。这位佳人可望而不可即，但这一切并不能动摇他的爱慕之心。

世间人心骤暖忽寒，缘有起灭，妄念不实。若无相知之人，

未免太过寂寥清冷，纵有雄韬伟略，亦要有赏识惜才之人。姜子
牙年过古稀，垂钓渭水之滨，遇见了求贤若渴的周文王；后辅助
武王伐纣，建立了周朝，成就万古基业。

诸葛亮在《出师表》中写："先帝不以臣卑鄙，猥自枉屈，
三顾臣于草庐之中……"刘备曾三顾诸葛亮的躬耕地卧龙岗，其
诚心打动了诸葛亮。最终诸葛亮答应出山助他建功立业，平定
天下。

也许，有一位像姜子牙和诸葛亮这样的贤士，隐居于水滨，
有旷世之才，却不愿出山。他苦于相求，唯才是用，愿得贤臣辅
佐，治国安邦。

也许，只是一位农家少女，家住蒹葭水畔，素日里忙于采捞
耕织，无闲暇静赏两岸秋光。她采蒹葭编织岁月，挑河水浇灌草
木。他寻她于悠悠水畔，苍苍蒹葭，百般相阻，迷离失措；她却
是安然静好，物我皆在。

贾岛有诗《寻隐者不遇》："松下问童子，言师采药去。只
在此山中，云深不知处。"千年前的贾岛，不知去深山寻找哪位
隐者高人。贾岛心性散淡，是个与佛结缘的诗人。他之寻人，自

不为求贤，或许只为去和隐者下一局棋，喝一壶茶，论一首诗，
又或只是参禅修心。

　　山中岁月，雾绕云深，隐者行踪莫测，往来云海松涛，就连
童子亦不知他去了哪里。虽知在此山，却缥缈无际，也许醉于林
泉下，枕着松石入梦；也许杖游山水，倚竹长啸，不知归路。寻
者之心，落寞惆怅，虽不似《蒹葭》那般急切，但内心亦有跌
宕，更有向往和羡慕。

　　我心轻浅，有退隐南山之意，才情疏淡，亦不求凡尘知音，
或撰文留名于世。故觉《蒹葭》是一首美丽的爱情诗，是一位痴
情男子，对梦中女子相求的心意。人世情意悠悠，缘分自当随
喜，岂可尽如人意，只求无愧于心。

　　他还在蒹葭苍苍的河畔，寻寻觅觅；她在秋水一方，走走停
停。虫鱼鸟兽，草木山石一直在，他们也在。看似无所获得，实
则相望相安。

未见君子，
忧心如醉

《诗经·国风·秦风·晨风》

鴥彼晨风，郁彼北林。未见君子，忧心钦钦。如何如何？忘我实多！

山有苞栎，隰有六驳。未见君子，忧心靡乐。如何如何？忘我实多！

山有苞棣，隰有树檖。未见君子，忧心如醉。如何如何？忘我实多！

　　有些人，为了一句誓言，等到地老天荒。有些人，为了一念思情，独守白头岁月。也许，这般情深意长，方不负三生石畔的那段相遇。正如春秋时期那个赴约的尾生，痴痴等待，未见如花人至，倒是大水袭来，抱柱而亡，留下千古芳名，留人评说。感叹之余，亦为他的守信遵诺深深折服。

"良药苦口利于病，忠言逆耳利于行。"世间之人，偏喜含毒蜜语，不信似刀良言。正因为这般，再经历时，彼此不多规劝。多少虚情假意，令人讶然。逢些微碎之事，指天起咒；逢着初识之情，海誓山盟。如此久了，承诺也失去了分量，真诚亦变得缥缈。

关于这首《晨风》，《毛诗序》点评："刺康公也。忘穆公之业，始弃其贤臣焉。"而朱熹《诗集传》则言道："此与《扊扅之歌》同意，盖秦俗也。" 朱熹认为这是女子忧心被丈夫遗忘和抛弃，写成了歌，兀自哀唱。

《扊扅之歌》所言，乃百里奚在楚地牧牛，秦穆公闻其贤，用五张羊皮赎来，擢为秦相。其故妻寻到相府做用人，逢堂上饮酒作乐，妇人说也知音乐，遂援琴抚弦而歌："百里奚，五羊皮。忆别时，烹伏雌，炊扊扅。今日富贵忘我为？"当年相别，犹然劈开门闩做柴，与他煮了母鸡，今番富贵，可已忘却？

百里奚念着故旧，与其相认，算是破镜重圆。然而，《晨风》中的女子，境况如何？尘埃之下，谁又知晓！也许这位女子还在某个遥远之处，在某个渺茫年代，带着浓浓怨意，忧心钦钦，如醉如痴。

"鴥彼晨风，郁彼北林。"读到这二句，不禁想起陶潜诗："羁鸟恋旧林，池鱼思故渊。"长林近晚，洒落晦暗光影，一切关于白天的想象，于此终结。一只鹰隼，于空中疾飞而过，没入林影，转而不见。黄昏的鸟雀，犹回旧林栖落，于那郁郁苍苍的树丛中，寻到故巢，让梦栖止。

而那个忧心不已、难忘深情的女子还在等待的光阴里，形容倦怠，一任更漏滴滴，风声细细。唯对那檐头响不彻的铁马、帘外扫不起的月光，长吁短叹，辗转无眠。她所等之人，可是忘了约期，误了归路？

当初远行，马蹄声声，已碎在月光洒满的廊前。石阶之上，苍苔清冷，犹然留着别离的履痕。唯不见了烛下灯前曾经的缱绻、熟悉的温柔。当初含情相对，与她梳了长发，画起弯眉，今番空屋烛冷，罗帐清寒，唯有远处几声乌啼，催断了人肠。

若不是为了浩气归来，何必出走半生？当初追梦而行，风餐露宿，浪迹天涯，是为了一朝高车驷马，满足心志。然而好多人走到最后，依然一无所获，行囊空空。归来时，年华半老，身心疲惫。也许，只要持之以恒，来日终或遂愿。

这薄凉的世间，本无太多完美。物华之美，多因其缺；人生之美，亦因其憾。无瑕不美玉，尽全非天工。昙花开处，清香绝伦，姿态若仙，但是花期太短，转瞬即败；芳菲赠予有缘人，并无人怨其浅薄，反而心生怜悯，叹其易逝。荷花妖娆，却是破泥而出，置身淤浊，世人亦不嫌其污秽，反而颂其清洁，赞其高格。

儿女情缘，大概亦如此般。许多人迷于身畔之缘，心生悔意，细想每段错过，慨叹不已。其实纵然守住那段情感，或者择其一人，终老江湖，就一定岁月安然，世无沧桑？也许今世相守，即前生所悔，那今世错过，来生定能相守？谁又知得。纵有相守，亦非其人其灵，不记前身后世，又有何趣？不过妄想罢了。

"未见君子，忧心靡乐。"一笔千古，写到情绝。于此深深体会，思念至极，是何况味。似乎身旁一切都已静止，唯有思愁绵绵，不断于心。任是敲窗风雨，穿庭俊燕，都无声息。所失所得，所经所历，皆无乐趣可言。

真可谓，行也思，坐也思，梦也思，醒也思，朝也思，暮也思。餐饭时，食之无味；梳妆时，对镜无言；静坐时，恍惚若梦；夜卧时，捶床捣枕；拂帘时，柳梢牵着身影；临波时，水中荡着衣衫。

"未见君子，忧心如醉。"情之浓处，如痴如醉，如梦如幻。一月思君三十日，一日思君十二时。思念之情，悉数付于短章数句之间，一时文虽尽，情幽幽，意绵绵。

恍似情中二人，携手花前月下，卿卿我我，互诉心肠，道尽温柔，彼此韶华付与。抑或青梅竹马，自幼交识，到了谈婚论嫁之龄，郎有情，妾有意，只待媒妁之言。无奈离别时久，相隔天涯。一般心绪，两处伤情。

"如何如何？忘我实多！"她知道，那个曾经的良人或已将她忘记，或有了新欢，从此不归。读罢诗文，仿佛见到那个女子，正满怀惆怅，深锁烟眉，损了残妆，瘦却腰身。在黄昏的旷野上，痴痴等候那远去不归的旅人，等候昨夜那场被惊醒的梦。梦里，有花有月，有你有我。

千古有情人，多被无情伤。旧时诗词文章里，颇多伤情字句。虽流淌千年，依然留着芬芳。每每读来，颇生伤感，留下怅憾；细想，又是人之常情。

不管是瓜洲古渡边沉水之十娘，还是元稹笔下多情之莺莺，皆被无情相负，始乱终弃。到最后，那些沦落的红颜，用她们所有，乃至生命本身，也没有温热一颗冰凉的心。

杜十娘沉下百宝箱，投水而亡，做了水底之魂，留人怜惜。而崔莺莺成了别人妻眷，独埋相思；后来张生要见她时，她写诗谢绝："弃置今何道，当时且自亲。还将旧时意，怜取眼前人。"也许，人与人之间的感情，只有到了不可挽回时，方叹"人生若只如初见，何事秋风悲画扇？等闲变却故人心，却道故人心易变"。

"连理枝头花正开，妒花风雨便相催。愿教青帝常为主，莫遣纷纷点翠苔。"朱淑真这首《落花》，亦是写情，收在《断肠集》中。正是这无情风雨，心生妒意，催落了连理之花。本该两情相悦，相对妖娆，如今却孤身天涯，寄身翠苔，倦了花容，碎了芳心。哪儿又有青帝来管人间闲事？

莫道红尘多长恨，人间最痛是情伤。伤在人身，纵损了发肤，残了容颜，尚可医治。然伤于情者，几番摧残，痛彻心扉，则至死难愈。有人说，人之一生，只会真心爱过一次，恨过一次。再遇之情，虽有可取，终难逾之。正如那越不过的巫山，渡不过的沧海。

曾经，我亦在流年暗换的某个瞬间，满怀期待，度日如年。就这样，从晨至昏，从昏至晨。哪怕是雨打寒窗，风落庭梧，或疑为归人脚步，匆匆着衣推户，却又不见人来。这样殷切之情，不曾体会过，不知其细。

随着年岁渐长，今再为文，锋芒更淡，就如一池柔翠，清若寒泉，却不失灵秀意态。几番风雨过后，内心越发平静，一如当初，再没心情争个你对我错。

我只喜欢于春日的某个黄昏，静掩门扉，沏上一壶茶，细品窗外无声的花事。猜得几分春消息，说与辛夷，说与桃花，听莺雀对答，燕燕相引。

衡门之下，可以栖迟

《诗经·国风·陈风·衡门》

衡门之下，可以栖迟。泌之洋洋，可以乐饥。

岂其食鱼，必河之鲂？岂其取妻，必齐之姜？

岂其食鱼，必河之鲤？岂其取妻，必宋之子？

世间万物，为人所喜，为人所厌，也为人所用，为人所弃。有人喜繁华深处，灯火璀璨，车水马龙。有人则喜山野清静，犬吠鸡啼，流水花开。我便是那落于凡人堆里，追慕静美山林、竹亭梅溪之人，愿独守一庭一院，不与人争。

自古隐士高人，置身山水之间，倚着翠树红花，结一围篱笆，种几树红英，春来桃李留客，秋到寒枫叶老，久处其间，心亦简单澄澈。晨来携了霞光，踏着清露，汲水而去；夕来引着星月，听着犬吠，负薪归来。营生是江湖钓客，功名是深山野樵。真个是东篱陶然所，山中宰相家。留几多才思，寄予林花窗竹，写它明月清风。

朱熹《诗集传》言道："此隐居自乐，而无求者之词。言衡门虽浅陋，然亦可以游息。泌水虽不可饱，然亦可以玩乐而忘饥也。"多少隐者，或心怀锦绣，满腹才华，却喜远避红尘，隐于林泉。或其品性使然，不肯为五斗米折腰；或因当时环境，不合出仕。然而，亦有许多人，虽有雅怀，却是不恋山林，混迹市井。正所谓"小隐隐于野，大隐隐于市"。

古来隐于山林者，颇有其人。周时之伯夷叔齐，誓不食周粟，隐于首阳山，以食野菜为生，快饿死时，作歌："登彼西山兮，采其薇矣。以暴易暴兮，不知其非矣。神农虞夏忽焉没兮，我安适归矣？于嗟徂兮，命之衰矣！"最后二人相继饿死，骨朽深丛，魂游阡野，却留下了千古芳名。

陶渊明《癸卯岁十二月中作与从弟敬远》诗："寝迹衡门下，邈与世相绝。"亦写这般意境。当他厌倦了官场，一朝归来，倚着东篱，守着南山，种花自乐，寄情诗墨。直到后来，方有了锦绣诗词中的千古隐意。其人或在市朝，其心仍处山水。不论何时何境，皆有一颗宁静之心，将诸多尘事放于手端，翻之为实，覆之为虚。

古代山水隐者作诗填词，于唐诗之间，多写山谷；于宋词之间，则是多绘水畔。唐诗里的山谷，乃是隐士寄心之所，云深林寂，唯蝉声噪林，鸟鸣寒涧。如贾岛《寻隐者不遇》："松下问童子，言师采药去。只在此山中，云深不知处。"行到云水尽处，唯有长林漠漠，野泉叮咚，再无尘世烦扰，邻舍交游。

皇甫冉的《山馆》亦是一般意境，"山馆长寂寂，闲云朝夕来。空庭复何有，落日照青苔"。再到王维《鹿柴》"空山不见人，但闻人语响"的幽恬，柳宗元《江雪》"千山鸟飞绝，万径人踪灭"的清绝。走过通幽曲径，行到花木深处，体会"君心若似我，还得到其中"的禅意。青山秀林间，延绵着一段大唐盛世里的归隐。

宋词中的江海，亦是墨客抒情之所在。试想一篙点开秋水，四面隐隐芦花，临波几点白鹭，傍堤几簇荷花，听渔歌婉转，水声潺潺。于此清静之处，何意闲话，管甚王侯。醉吟几阕词句，闲钓一江秋月，暑来系舟柳下，云至听雨独眠，钓几尾新鲤下酒，收几碗雨水烹茶。

"西塞山前白鹭飞，桃花流水鳜鱼肥。青箬笠，绿蓑衣，斜风细雨不须归。"张志和的《渔歌子》，可谓百品不厌。暮春水畔的风情，熏醉了词客，写艳了桃花，唯有戴笠穿蓑的渔父，沐着霏霏烟雨，静随幽人来去。

不问红尘，心自静止。朱敦儒的《好事近》："摇首出红尘，醒醉更无时节。活计绿蓑青笠，惯披霜冲雪。晚来风定钓丝闲，上下是新月。千里水天一色，看孤鸿明灭。"读到水天一色，再无烦愁尘虑，唯有心若孤鸿，缥缈无住，仿佛就是"飘萧我是孤飞雁，不共红尘结怨"。

更如张抡《朝中措》："绿蓑青箬，吾生自断，终老汀洲。买断一江风月，胜如千户封侯。"烟波绿水间，亦留着宋代婉转旖旎的归隐。

然而，古人只是借着山水田园，抒发内心的幽情。有些人隐于山林田园，有些人隐在芦花水畔，不肯深入红尘，怕惹爱恨情怨。有些人却是居烟火深处，于繁芜的生活中，鲜衣怒马，清守着那颗出离之心。

　　试想，于闹市繁城，车马声喧，如何掩门遗世，不与往来？所居处倚着街市，繁华熙攘，闲来卖鱼市上讨价还价，忙时当垆沽酒涤器。等到细雨沾窗，燕穿庭弄，深巷亦有卖花声声，添些幽情。再寻个棋友画客，争论高低，约上酒朋诗侣，共寄雅兴。抑或雪飘庭院，洒洒若絮，邀来东邻西舍，投壶射覆，聊为清吟。赏的是扬州夜月，观的是钱塘江潮，游的是三山五岳，行的是江河湖海。身在泥墙砖瓦，心系秋水白云。于此，方深会"问君何能尔，心远地自偏"之意，不为俗世分心，红尘负累。

　　西汉名臣东方朔，隐于朝堂，堪称隐中之大者。他身居高位，守在天子身侧，却风趣幽默，留下许多风流故事。能够遨游其间，不为其累，他更多倚靠的是学问广博，能言善辩。换了他人，或早迁他处，流落江湖。

　　古代才人，虽置身官场，劳神案牍，辄留许多心情，吟咏山水。非为故弄风雅，而是于内心深处，留一份清静。任凭一身起落，得失离合，总有超脱的情怀，以及一颗与凡尘疏离的心。如鹤冲云天，扶摇万里，待到大醉时分，高吟"小舟从此逝，江海寄余生"。

想来世人心中，皆有一处桃花源，于此，能避开尘世扰攘，暂将身栖。然而，久行于江湖，寻过万千山水、几林桃花，虽有落英缤纷、渔舟唱晚，却不见俨然屋舍、耕织男女，终非当年胜地，世外桃源。却让人深悟，真正的隐，不在于山水，不在于饮食居所。饭疏食饮水，曲肱而枕之，犹喜乐自得，方是真滋味。

若是心情浮躁，欲望纷扰，则焚香煮茗，捧读《衡门》，或《渔歌子》。衡门之下，虽守着清贫，却有白衣送酒的风雅，有悠然望南山的闲情。孤山之上，林和靖依旧守着满山梅花，醉梦千年。"一点浩然气，千里快哉风。"不管身畔万种红尘，皆能泰然处之，不移心志，不困情爱。

"岂其取妻，必齐之姜？"唇齿间所迷，不过是味道；流连处所钟，亦只是风景。当一人赏足了楼台，看惯了离合，心中遍满山水，何必再为美中不足纠结不休！于姻缘之间，每一次错过，多是情薄；每一次擦肩，亦因缘浅。

纵是倾慕不已，两情相悦，未必能相依相偎，携手白头。何况当初，一片相思，无有寄处，流水落花，两相辜负。等错过了彼此，冲淡了流年，再回首，伤心已无，唯忆堪存。

当初，或为了采撷至美之芳，择之百遍，寻之千甸，每每遇着，皆思他处有更艳之朵，弃之前行。等到黄昏时节，却是空手而回，万般遗憾，无以复加。我亦不欣赏避世的消极，却喜爱隐士的情怀。当你我身心俱惫之时，何不去寻一林山水，结庐而居？寻不得时，便于心中修了篱院，春风拂过，开满桃李。

人生之事，或远或近，或得或失，拿起是一种担当，放下是一种襟怀。若可，便从容收下一庭花月，藏于岁月之间，携一壶酒，沏一杯茶，写一卷书，抚一曲琴。不问荣枯聚散，伴青灯一盏，用清婉词笔，细写烟雨江南。垂下往事的帘栊，任时光游走，云来云往。

月出皎兮,佼人僚兮

《诗经·国风·陈风·月出》

月出皎兮,佼人僚兮。舒窈纠兮,劳心悄兮。

月出皓兮,佼人懰兮。舒忧受兮,劳心慅兮。

月出照兮,佼人燎兮。舒夭绍兮,劳心惨兮。

月映窗竹,风吹落花。趁此良辰,借几缕清光,邀来凉风共饮佳酿,取薪火煮茶。浮世熙攘,人情纷繁,值得珍惜以及欢喜的实在太少。人有私心,物则无知,时常是相看茫然,相守相嫌。

光阴游走自如,且不管情意,也不问劫毁,兴亡于它也只是一种摆设。千古明月也是如此，不问政事风云，无须安邦治国，于缥缈的时空，过去现在未来，对众生皆是平等。此时的喜，彼时的忧，乃至生死轮回，于它不过是梦幻泡影，不着于身。

苏轼有赋："惟江上之清风，与山间之明月，耳得之而为声，目遇之而成色，取之无禁，用之不竭。是造物者之无尽藏也，而吾与子之所共适。"

清风明月，流云回雪，竹影莲枝，乃至炉上的烟、盏中的茶，都有一种清韵，让人沉醉。物比人情长。只因物简单地存在，你取之用之，不必回报；而人情深重，你所得，必有所出。否则，积累到后来，便是宿债，须加倍还之。

千古明月，亲切慷慨，盛世里清朗洁净，乱世里也圆缺随时。它的好，不须用人情物意来衡量；它的美，如珠如玉，却虚无飘忽，离人很近，又离人很远。这轮月亮，被文人写了几千年，不同的性情，有其不同的风姿。它落于文人笔下，洒在红颜发鬓，挂于巍峨宫殿，又栖在百姓屋檐，一般模样，无限流转。

"桂棹兮兰桨，击空明兮溯流光。渺渺兮予怀，望美人兮天一方。"月是美人，中天之上，可遥遥相望，又不可触及。明月虽静好，却添离愁，令人感怀伤远。它时明时暗，时圆时缺。

宋人有词："恨君不似江楼月，南北东西，南北东西，只有相随无别离。恨君却似江楼月，暂满还亏，暂满还亏，待得团圆是几时？"万里离愁，天涯伤别，所能看到的只是一轮明月，暂释心怀的，不过是几缕清风。

"明月何皎皎，照我罗床帏。忧愁不能寐，揽衣起徘徊。"人在羁旅，忧思彷徨，天下虽锦绣繁华，到底不及家里平实安稳。旧巷陋室，粗茶淡饭，亲人团聚，胜过世间一切浮花浪蕊。人生的妙境，是有简洁的屋舍、相亲的伴侣，以及清淡如水的知音。

这轮朗月，早在三千多年，就出现在《诗经》里。春花秋月，有春日迟迟，有桃之夭夭，又怎能没有这弯皎洁的月？柴门夜月，星火璀璨，漫漫河山，寂静得无有声息。共此一轮清月，有闺中思绪，有醉里伤远，有窗边偎依，炉畔私语。

"月出皎兮，佼人僚兮。舒窈纠兮，劳心悄兮。"天上一轮明月，铺洒皎洁的清辉，落在静夜的瓦当，落在诗人的肩头。此为写景，亦是抒情。那美人娇媚温柔，于月光下，身姿窈窕，步履轻盈，风情万种，无端惹人爱慕，生了相思。

"月出皓兮，佼人僚兮。舒忧受兮，劳心慅兮。"皓皓明月，是对人的一番情意，不必酬答它的清辉。那佳人的仪容，真是姣好，举止优雅，端庄大方，性情温顺，令人心醉神迷。朦胧的月光下，更添其姿韵。一个举止，乃至叹息，都有画意，妙不可言。

"月出照兮，佼人燎兮。舒夭绍兮，劳心惨兮。"温柔的月光，牵引无限诗情。这婉约动人的女子，缓缓踱步于风景中，缠绵之态，如梦似幻，令人忧思又怅然。她亦是独自徘徊，晚风拂面，夜露沾衣。这样曼妙迷离的倩影，是在将谁等候，或仅仅为了这皓月下的一片清光？

他一唱三叹，她如静夜的莲开，徐徐缓缓。良辰美景，怎可虚度？她若喜，他亦不敢悲；她若悲，他亦不能喜。君子好比修竹，美人则宛若皎月，相逢是喜悦，离别为凄凉。男女的情感，热闹时可惊动天地，寂静时又只有两心相知。

《月出》的主题，不言而喻，是写景，更是寄人。《毛诗序》认为是讽刺陈国统治者"好色"。朱熹《诗集传》谓"此亦男女相悦而相念之辞"。月是洁净之物，也多情，令人遐思。它与众生相隔关山万里，又似乎没有阻拦，夜幕来临，你抬眉即望，它静好如初。

月色虽明朗清澈，亦冰冷寒凉。广寒宫里有嫦娥，她柳腰莲步，仙姿绝代。与她相伴的，是一只虽有灵气，却不能言语的玉兔，是一株千年桂树，以及可以朝夕相见，却不能相依的吴刚。月光柔美，淡淡的清辉，宁静安详，可背后的沧海桑田，离情别恨，又有几人知晓？

唐人韦庄的诗，写得真是入情。"别君时，忍泪佯低面，含羞半敛眉。不知魂已断，空有梦相随。除却天边月，没人知。"他虽念故伤离，相思怀人，却心意阑珊。唯对天边月，有着毫无芥蒂的信任，是赞美，是寄托，更是珍重。

"江畔何人初见月？江月何年初照人？人生代代无穷已，江月年年只相似。"张若虚的《春江花月夜》，因写下人间最美好的事物，格局高远，情景恬淡，境界清幽，故成了千古咏月绝唱。其韵律婉转荡漾，画面虚实相生，诗情曲折有序，是诗亦如画，写景亦写情。

蒹葭苍苍，白露为霜　所谓伊人，在水一方

"长安一片月，万户捣衣声。"天地浩瀚无穷，而我们同在一片月下，又是那么孤独无依。人世之情，唯美人之恩，最为贵重。长安的月，自是华丽灿然，可这月亦是万民的月，它的光辉当是洒落在天下山河。边关的情郎、窗下的良妇，于月下寄语，荒凉又真切。

读《诗经》，有一种平民的热闹和亲近。那是华夏民族一个大的世界，有朴素的人情，有现世的风景。他们只是寻常的耕夫织妇，游春采桑，种豆捣衣，以劳作为美。他们辛勤耕织，不为谋利，只是简单的生活。他们的日子都是喜气的，没有委屈，更无悲意。众生皆是如此，尽心地活着，何来贫富之别、雅俗之分？

远古的民情是随喜，他们甚至不争，与天地万物肝胆相照，平实坦荡。他们的情感，都是纯粹真实的，没有遮蔽。男女心意恰如陌上桃李，有一种清丽，也有豪情，但都是壮阔慷慨、简约明净的。这便是《诗经》的好，任何时候皆为清扬之音，令人释怀。

山高月小，水落石出。先秦以来，至两汉、魏晋、唐宋，江山如锦如绣，所谓风调雨顺，国泰民安。前人整治朝纲，断然不能废了耕织。

　　我亦在千年礼乐里，懂得相敬，知道爱惜，不再拘泥于一个人的山水情怀。在一首民歌里，看到天地众生的珍贵；于一轮皓月下，看到岁月河山的光芒。人只有在大风景里，才能照见自身的品德和气韵，此为欢喜，亦是修行。

卷六 ◎ 昔我往矣，杨柳依依

今我来思，雨雪霏霏

—— 三千年前那朵静夜的莲开 ——

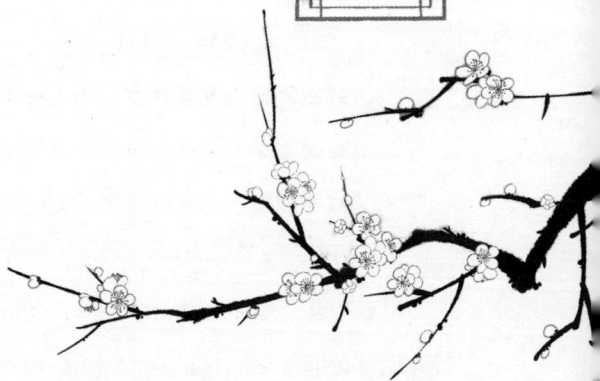

心之忧矣，
于我归处

《诗经·国风·曹风·蜉蝣》

蜉蝣之羽，衣裳楚楚。心之忧矣，于我归处。

蜉蝣之翼，采采衣服。心之忧矣，于我归息。

蜉蝣掘阅，麻衣如雪。心之忧矣，于我归说。

闲煮野茗，细品山林淡泊之味，洗去尘埃。窗外苔深竹翠，
惊觉园林芳菲已尽。几日前，江南烟雨不息，石阶飞翠落红，好
光阴竟这般匆匆过了。春风下的灼灼桃李，以及世间的营营功
利，乃至镜前的恩爱情长，都抵不过碗茗炉烟。

坐在莲叶半掩的细纱窗下，读《诗经》，觉山川草木、物意

人情，皆明媚灿然，日日都是好光阴。彼时，人们少受礼制束缚，也不问气运；飞禽走兽，凡花俗草，一派生机。他们的世界，都是良辰吉日，无须拣择，更没有败落，朴素不失华美，热闹不失淡远。

以往竟不知《诗经》的好，喜爱在宋词的意境里寻找一份典雅和清丽。远古的时光，山路崎岖，阡陌空旷无人，野花纷纷自开落。佛经云："过去心不可得，现在心不可得，未来心不可得。"而他们也不管过去、未来，且活在当下，安享人世无限的风景。

读《蜉蝣》，知他们亦惧岁月无常、荣枯生灭，原来众生的苦恼，是一样地真。蜉蝣，一种渺小的昆虫，生长于水泽之地。它亦是漂亮的小虫，透明的翅膀，翩然飞舞，姿态纤巧轻盈，甚是动人。奈何其生命短暂，朝生暮死，尚未体味人间的苦乐，便瞬息消亡。

三千年前，也许是一位忧伤的诗人，借蜉蝣之生死，来感叹人生短暂，光阴易逝。蜉蝣虽只是微不足道的小虫，它脆弱，却也坚强。哪怕只有短暂的光阴，仍舞尽最后的光芒。众生有佛性，或生或死，不能自主，但存在于世间的那一瞬，可歌可舞，有情有爱。

佛家有偈语："诸行无常，是生灭法。生灭灭已，寂灭为乐。"人情世态，岁月河山，都是瞬息万端，不可预测，凡事不宜太过认真。你用千回百转之心，抵天地之变幻无穷，自可不在意成败、生灭，乃至无常苦乐。

"蜉蝣之羽，衣裳楚楚。心之忧矣，于我归处。"微小的蜉蝣，在空中自在飞舞，美丽的外衣，色彩鲜丽，赏心悦目。可叹其生命苦短，风华只是一瞬，令我忧心。而我在红尘寄身，亦不过百年，又该如何安排自己的归宿？

"蜉蝣之翼，采采衣服。心之忧矣，于我归息。"细弱的蜉蝣，在空中振翅飞舞，倾尽一切，展示着其华美的羽衣。奈何这曼妙的光影只是昙花一现，如何不令我忧心？而我未来的日子，又该栖息何处，归去何方？

"蜉蝣掘阅，麻衣如雪。心之忧矣，于我归说。"娇嫩的蜉蝣刚破土而出，其衣胜雪，轻轻舞动纤盈的身姿。只是它尚未享受生的喜悦，便要面临死的凄凉。我心戚戚，忧伤满怀，行走在茫茫天地，又该以何种方式让自己安然无恙地过完此生？

　　人生所乐，当是淡泊清远，因为你所碌碌争来的富贵名利，也只是一场浮烟。心若静，若闲，纵是流光匆匆而逝，又怎能奈何得了你？哪怕如蜉蝣那般微薄，也有生之华美灿烂。内心澄澈，无牵无碍，寂灭亦是恬静，而无缠烦。

　　所谓"生之静美，死之绚烂"，便是蜉蝣的一生。它之仓促，不过是你于尘世品饮几盏闲茶的工夫，是晨光和黄昏的距离，是花开的某个瞬间，也是午后阳光下禅坐的几个时辰。

　　关于《蜉蝣》的背景，《毛诗序》认为是讽刺曹昭公的奢侈。以蜉蝣来讥讽国君的奢侈，似乎有些牵强。但诗的内容，用蜉蝣之生死，来传达贵族士大夫对人世的忧惧和伤怀，倒也寻常。浮生短暂，当下的一切富贵荣华，如黄粱一梦，醒后则是烟尘了。

　　宋代朱熹《诗集传》："此诗盖以时人有玩细娱而忘远虑者，故以蜉蝣为比而刺之。言蜉蝣之羽翼犹衣裳之楚楚可爱也。然其朝生暮死，不能久存，故我心忧之，而欲其于我归处耳。《序》以为刺其君，或然而未有考也。"

　　"生命几何时？慷慨各努力。"万物之生命短长，皆有定律，人世亦只是数十年光景。众生虽苦，但仍存着对生的眷恋和信念，于死亡，却是忧伤恐惧。年华苦短，岁月催人，半生忙碌，半生清苦，所为的也只是老来图个清静，活得闲逸。

《菜根谭》有句："兴来醉倒落花前，天地即为衾枕。机息忘怀磐石上，古今尽属蜉蝣。"人生富贵虽好，倘若无有闲心雅兴，纵是百年好景，一生碌碌奔波，又有何趣？若知生命之喜乐，不以浮华计较短长，寸阴可抵百年。若困于名利场，辜负春花秋月，百年也只是寸阴。

世间如蜉蝣这样短寿的生物许多，花草如昙花、木槿，虫类如蟋蟀、蝼蛄，它们虽微眇，却努力追求美的姿态，用尽一切，来绽放生之华彩。在死的那一刻，它们不茫然，亦不惊惧，从容赴死，虽死犹生。

曹操为一代霸者，精通兵法，亦擅长诗歌。其诗作，或抒发政治抱负，或咏人生慷慨悲歌。他的《短歌行》写："对酒当歌，人生几何！譬如朝露，去日苦多。"寂寂流光，短如朝露，忙也匆匆，闲亦匆匆。虽不知几何，到底好过朝生暮死。他虽感叹韶光匆急，却在有限的时光里，成就大业，无悔一生。

陶潜则说："盛年不重来，一日难再晨。及时当勉励，岁月不待人。"他叹人生无根无蒂，飘忽如陌上风尘，多年辗转，出仕退隐，理想几度幻灭。终是辞退官场，归居田园，做个散淡闲人。采菊东篱，种豆南山，门前的松，杯中的酒，伴他漫漫流年，悠悠浮生。

被赞誉为诗仙的李白，他仗剑河山万里，又踟蹰在长安酒铺。他的诗文飘逸洒脱，得唐玄宗喜爱，受贵妃赞赏，有知己良朋，有老妻稚子，可他还是不如意，感叹："夫天地者，万物之逆旅也；光阴者，百代之过客也。而浮生若梦，为欢几何？"

是他要得太多，修行尚浅，还是那皇皇大唐盛世，真的搁不下他的绝代才华？他腹中诗文从未断绝过，壶中的浊酒，也一直盛满。仗剑江湖，策马红尘，他一身傲骨，逍遥于山水，又肯为谁低眉折腰？

苏轼说："且陶陶、乐尽天真。几时归去，作个闲人。对一张琴，一壶酒，一溪云。"他是洒逸旷达之人，一生诗文惊世，佳人相伴，酒肉不离，仕途虽有浮沉，却到底有属于他的政治舞台。他喜竹爱文，又不舍忘却营营功利，晚年虽未隐，却也与俗尘妥协，活得自在。

　　流光容易把人抛，但于每个人，都是公正无私、不偏不倚、不远不近的。你若惜景惜物，则好处难言；你若时时哀叹，则是苦海无涯。人生何其短暂，而我们当在有限的时光里，做清静美好的事。

　　你若心存大志，便要俯瞰广远之处，活得慷慨有气场。若甘愿淡泊，亦要置身低处，静得有风骨。春去秋回，晴耕雨读，乃至悲欢苦乐，生老病死，都是真实庄严的，我们可以感怀，却无可省略。

　　"蜉蝣之羽，衣裳楚楚。心之忧矣，于我归处。"人若蜉蝣，知生欢，知死苦，又比虫蚁过得深远安稳，有性情，有境界。一琴一鹤，一花一竹，一朝一代，一起一灭，没有岁月的早晚，人生便这样荡荡悠悠地过去了。

呦呦鹿鸣，食野之苹

《诗经·小雅·鹿鸣》

呦呦鹿鸣，食野之苹。我有嘉宾，鼓瑟吹笙。

吹笙鼓簧，承筐是将。人之好我，示我周行。

呦呦鹿鸣，食野之蒿。我有嘉宾，德音孔昭。

视民不恌，君子是则是效。我有旨酒，嘉宾式燕以敖。

呦呦鹿鸣，食野之芩。我有嘉宾，鼓瑟鼓琴。

鼓瑟鼓琴，和乐且湛。我有旨酒，以燕乐嘉宾之心。

　　人生恰如花开花落，或静或乱，或实或虚，起灭随缘，荣枯不惊，如此徜徉于万物便可舒卷自由，行走于世间亦可去留无意。

　　堂堂华夏，悠悠岁月。我喜那开天辟地的古老俭约，万物繁闹且自在，各有风姿，各怀其韵，或崇高或渺小，或喜气或孤独，总不重复，彼此的相遇也不冲突。

　　姜尚云："天命有常，惟有德者居之。天下非一人之天下，乃天下人之天下。故天命无常，惟眷有德。"天下是一座浩大的城池，有德者居，王者兴。而人生是一场华美的盛宴，我们沿袭着华夏民族的礼乐，无论是宫廷贵族，还是百姓人家，饮宴早已成为一种风俗。

　　自古以来，盛世之音、祥和之音、风雅之音，可以沿袭下去，流传千秋。清平盛世若百花之中的牡丹，富贵典雅，庄重矜持，却有一种清扬，若丝竹般悠悠雅乐。

　　《诗经》分《风》《雅》《颂》。《诗经》的《风》，多写男女相悦，岁月清欢。《鹿鸣》是一篇饮宴诗，为《雅》的开篇。它是周王宴请群臣宾客时所作的一首乐歌，传达了宫廷雅乐的和睦融洽之情。开场皆以鹿鸣起兴，写出君臣相欢、宾主相宜、和谐欢快的气氛。

　　《红楼梦》里的贾宝玉不喜读书，厌恶功名虚利、经济仕途。他曾说宝钗："好好的一个清净洁白女儿，也学得钓名沽誉，入了国贼禄鬼之流。"他不喜读的是四书、八股时文之类，喜读的是杂学旁收。脂粉堆里，唯有林黛玉自幼不曾劝他去立身扬名，所以他内心深敬黛玉，亦和她于落红阵里共读《西厢记》，互生爱慕之情。

宝玉也曾在家塾里读书。那日贾政和相公清客在书房闲谈，便喊来跟随宝玉读书的李贵，问他道："你们成日家跟他上学，他到底念了些什么书！"李贵答："哥儿已念到第三本《诗经》，什么'攸攸鹿鸣，荷叶浮萍'，小的不敢撒谎。"李贵话语一出，满座哄然大笑。

李贵所读的，实则是《诗经》里《鹿鸣》的篇章，"呦呦鹿鸣，食野之苹"。作者将这首饮宴之诗用以此处，亦暗示了贾府是礼乐世家。贾政主张以礼待客，招贤纳士。实则贾府大大小小的盛宴数百场，曹雪芹所描写的，只是当时贵族生活的一种习气，亦描绘贾府当年鼎盛繁华之景。

"呦呦鹿鸣，食野之苹。我有嘉宾，鼓瑟吹笙。吹笙鼓簧，承筐是将。人之好我，示我周行。"用鹿安然进食起兴，传达了主人礼贤来客，友善待人之旨意。"我有嘉宾，鼓瑟吹笙。"以雅乐和情，使宴席上宾主融洽，情谊和美，亦烘托了当时清平妙乐之盛况。

"我有嘉宾，德音孔昭。"我有嘉宾，不仅会弹奏吹笙，奏清雅之音，而且其品德高尚，为人谦和有礼不轻浮。"我有旨酒，嘉宾式燕以敖。"我用醇香的美酒佳肴宴请嘉宾，主宾畅饮，诚心相待乐逍遥。

"呦呦鹿鸣，食野之芩。我有嘉宾，鼓瑟鼓琴。鼓瑟鼓琴，和乐且湛。我有旨酒，以燕乐嘉宾之心。"这是一群高雅的宾客，琴瑟悠扬，交杯换盏，陶然尽兴。鹿乃灵性之物，性情温和，与人亲近亲和，象征着祥和、福禄和美德。

《毛诗序》云："《鹿鸣》，燕群臣嘉宾也。既饮食之，又实币帛筐篚以将其厚意，然后忠臣嘉宾得尽其心矣。"

朱熹《诗集传》中说："盖君臣之分以严为主，朝廷之礼以敬为主。然一于严敬则情或不通，而无以尽其忠告之益。故先王因其饮食聚会而制为燕飨之礼，以通上下之情，而其乐歌又以《鹿鸣》起兴……"

　　宴会是一种礼仪，君臣宾主之间，通过这场华美的盛宴，琴瑟清音，来传递他们的友善之心、祥和之景、太平之意。《鹿鸣》是一首千古颂歌，通过周王朝的君臣筵席，再走入民间，表达了与民相亲的喜悦。这场饮宴风姿生动，耐人寻味，乃万物所兴，众善所归。

　　《鹿鸣》是一首王者的歌，表达了王者心怀天下、广纳贤士的气度，也道尽盛世的华丽，雅客的风采。宴请嘉宾是一种形式，君臣之间礼仪交流，才是他们的主旨。《鹿鸣》也是一首贵族的歌，高贵典雅，繁盛中带着清平，贵气又不失温厚。

　　"人之好我，示我周行。"是王者之愿，也是众生之愿。天地万物人情，乃至壮阔的风景，皆需要礼乐来成行。王者行仁义，民间百花齐放，男耕女织，明朗亲切。万物存在有理有据，一花一草有其自身的规律和气韵，何必要去征服？顺应人心，也是顺应天下，为无私，亦为慷慨。

　　"呦呦鹿鸣，食野之苹。我有嘉宾，鼓瑟吹笙。"曹操在《短歌行》中引用了此诗句，表达他求贤若渴之心。他文辞豪迈，情感奔放。他叹光阴如朝露，短暂易逝，愿天下贤才归顺于他，一起建功立业，施展抱负。

"山不厌高，海不厌深。周公吐哺，天下归心。"他忧愁人生苦短，求贤心切，盼战乱止息，天下归心。他有雄心壮志，需贤者来访，智者相携，愿功业千秋万代，若水流花开。历代君主成就霸业，皆需礼贤下士，方得万民拥戴。

后来，《鹿鸣》从早期的君臣饮宴，走至贵族宴会，再至乡饮酒礼。及至唐宋，科考之后的宴会上，也歌《鹿鸣》之章，称其为"鹿鸣宴"。满堂宾客，执壶把盏，琴瑟清音，杯光衣影，是《诗经》里的礼乐，唐诗里的醉意，也是宋词里的华丽。

《韩熙载夜宴图》所描绘的是官员韩熙载家设夜宴载歌行乐的场面。韩熙载于政治上郁郁不得志，便一时不问世事，沉湎歌舞，纵情声色。整幅画卷交织着旖旎和清冷，喜悦又沉郁，是醉死梦生，是及时行乐，也是对美好生活的追寻与向往。

李龟年是唐时乐工，善歌，亦长于作曲。他因与李彭年、李鹤年兄弟几人创作《渭州曲》而得唐玄宗赏识，多年受其恩宠。宫廷里的酒宴，自是少不了他的盛世清音。那段时间，他被王公贵人争相邀约，香车宝马，美酒华宴，应接不暇。

安史之乱后，唐宫里的乐人纷纷逃乱，流落异乡。当年的宫廷乐师李龟年也辗转民间，流离失所。他所能做的，是用其丝竹雅乐来换取简单的衣食。他一生忠于唐王朝，玄宗是其知音，奈何江山兴亡，又岂是他一个乐工所能做主的？

诗人杜甫和李龟年重逢于民间，故人相见，感慨万千，即时作诗一首："岐王宅里寻常见，崔九堂前几度闻。正是江南好风景，落花时节又逢君。"岐王为唐玄宗的弟弟李范，他儒雅风流，亦爱音律，其府邸聚集了文人诗客、乐工艺人。当年的宾客满座，霓裳歌舞，旷世之音，已杳无踪迹。

"呦呦鹿鸣，食野之苹。我有嘉宾，鼓瑟吹笙。"那场几千年前的宴席，也淡淡散去，有依依离情，有浅浅不舍，仿佛笙歌还在耳畔萦绕，酒在炉上温着，宾客刚刚离席，一切意犹未尽。

凡今之人，莫如兄弟

《诗经·小雅·常棣》

常棣之华，鄂不韡韡。凡今之人，莫如兄弟。

死丧之威，兄弟孔怀。原隰裒矣，兄弟求矣。

脊令在原，兄弟急难。每有良朋，况也永叹。

兄弟阋于墙，外御其务。每有良朋，烝也无戎。

丧乱既平，既安且宁。虽有兄弟，不如友生。

傧尔笾豆，饮酒之饫。兄弟既具，和乐且孺。

妻子好合，如鼓瑟琴。兄弟既翕，和乐且湛。

宜尔室家，乐尔妻帑。是究是图，亶其然乎？

《论语》中，孔子有言："入则孝，出则悌，谨而信，泛爱众，而亲仁。行有余力，则以学文。"其意为，须先有孝悌，再论诚信，亦要宽容博爱，接近有仁德之人。唯有做到这些，再学文时，才会心生锦绣，不偏不倚，不似那无根之草，飘浮无着。

孔子亦道："孝悌也者，其为仁之本与！"儒家文化，其核心是仁，而孝悌更是仁之根本。孝悌亦是整个中华文化之本，是华夏子孙贯穿身心之血脉。几千年来，在这泱泱大国、悠悠历史中，不曾改变。

《毛诗序》曰："《常棣》，燕兄弟也。闵管、蔡之失道，故作《常棣》焉。"这篇《常棣》，通过描述宴饮之乐，体现"孝悌"之"悌"。此诗的作者及故事背景，历来存有争议。西周初年，出现过管叔和蔡叔的叛乱。二人与周公本是兄弟，直至手足相残，骨肉离散。故后人认为是周公所作。

"常棣之华，鄂不韡韡。凡今之人，莫如兄弟。"孝者，于亲于长，拳拳以待；悌者，于兄于弟，殷殷携手。《梁书·武陵王纪传》："友于兄弟，分形共气。兄肥弟瘦，无复相代之期；让枣推梨，长罢欢愉之日。"说的便是兄弟之间，虽形体为二，但气貌相通，品性亦相似。

让枣推梨，讲述的是兄弟友爱，互相礼让之事。王泰幼时，祖母分枣和栗子，诸人都去抢，唯他不抢，只等大家拿完，他再去拿。孔融让梨，亦是说兄弟间的礼让谦和。手足之间的亲近，如桃李相倚在春风陌上，不可分离。

兄肥弟瘦之典，则出自《后汉书·赵孝传》："及天下乱，人相食。孝弟礼为饿贼所得，孝闻之，即自缚诣贼，曰：'礼久饿羸瘦，不如孝肥饱。'贼大惊，并放之。"人一旦遇了灾劫，至生死攸关，以命相抵时，也只有亲兄亲弟，会舍生忘死。

赵孝弟弟为饿贼抓获，赵孝听说，绑了自己，来与盗贼商量，说自己更肥硕些，让他们放了弟弟，来食自己。贼人闻言大惊，放过兄弟二人。的确，这种忘却生死的真情，纵是贼寇，亦为之感动。

"死丧之威，兄弟孔怀。原隰裒矣，兄弟求矣。"死亡逼近，唯兄弟深念；暴尸荒野，唯兄弟辛苦找寻。自古道："打虎还得亲兄弟，上阵须教父子兵。"真到了无路可退，存亡之秋，唯兄弟可共，素日的朋友，何处托依？

然而，对友对人，亦不可怨恨强求。朋友之间，也有许多可亲可敬之人，所谓"骨肉缘枝叶，结交亦相因。四海皆兄弟，谁为行路人"。若遇生死大限，他亦有亲眷，有牵念，怎可为了外人，乱了自家之本？故看透之人，不多强难；懂得之人，心生慈悲。世间万事，原本有此定律，能求则求，当止则止。

"兄弟阋于墙，外御其务。每有良朋，烝也无戎。"兄弟之间，偶有不和，多生嫌隙，甚至几月不理对方，但有了外来威胁，立刻冰释前嫌，齐心抵挡。而朋友再亲好，关键之时，也或于事无补。唯夫妻亲密无间，兄弟肝胆相照，诸多井然有序，才算治家有道。正如《大学》中所言："古之欲明明德于天下者，先治其国；欲治其国者，先齐其家……"

古人用"芝兰玉树"喻人家子弟优秀，出人头地。当年谢安问："子弟亦何预人事，而正欲使其佳？"谢玄答道："譬如芝兰玉树，欲使其生于庭阶耳。"子弟优秀，就好似亭亭玉树，郁郁芝兰一般，可光辉门庭。

谢安身为东晋名流，多才多艺，善行书，通音乐，被称为"江左风流宰相"。原隐居东山，后出仕。在历史上著名的"淝水之战"中，谢家子弟厥功甚伟。谢安平素亦用礼节来教导子弟，留下许多风雅。亦正是如此，成就了谢氏一族，其家族子弟秀茂，不乏才俊。

"朱雀桥边野草花，乌衣巷口夕阳斜。旧时王谢堂前燕，飞入寻常百姓家。"刘禹锡《乌衣巷》虽是写史怀古，于诗中所见，当是谢家的繁盛荣耀。这里的王家，亦为名门望族，不乏人杰。王羲之被称作"书圣"，其子王献之、王徽之诸人，也皆是著名书法家。没有孝悌为本，兄弟齐心，则没有大家望族，书香门第。

三国曹氏父子，也是留名史册，文章彪炳。几人之中，论文学成就，以曹植为高。南朝诗人谢灵运曾言："天下才有一石，曹子建独占八斗，我得一斗，天下共分一斗。"这亦是才高八斗的由来。

其父曹操，其兄曹丕，虽各有建树，但比起曹植之文采，犹见不足。在曹丕之前，还有一个曹冲，幼时便才智过人，有"曹冲称象"之典故，家喻户晓。然其才高不寿，于十三岁时便夭折。曹丕亦言："若使仓舒在，我亦无天下。"仓舒即是曹冲之字，可见其聪慧不凡，极为过人。

曹家父子虽不凡，终不算和睦之家。最后被司马家夺权，建立西晋，大概也是这个因由。王士禛尝论汉魏以来诗家，堪称仙才者，唯曹植、李白、苏轼三人。曹植因为才高，生出不少烦恼。

《世说新语》记载，曹丕妒忌曹植才学，命其在七步之内作诗，否则将被处死。曹植吟出："煮豆持作羹，漉菽以为汁。其在釜下燃，豆在釜中泣。本自同根生，相煎何太急？"可见其词采灵思，不同凡响。自古手足之间，或为江山，或为美人，亦有许多纷争，乃至反目之事。

宋代"三苏"，父子皆工文字，于散文方面，更为均衡，悉数排在"唐宋八大家"之中。其才又以苏轼为高，无论诗词歌赋，书画音律，皆出类拔萃。

苏轼著名的《水调歌头》，序中有言，"丙辰中秋，欢饮达旦，大醉，作此篇，兼怀子由"。子由即其弟苏辙。纵沦落天涯，兄弟各居一方，不忘挂念，足见情真。"但愿人长久，千里共婵娟。"兄弟虽远隔，各自相安，又怎管悲欢离合，阴晴圆缺。

古代文人笔下，颇多思亲之句，杜甫《月夜忆舍弟》，即于战乱之时，回念亲人之作。"戍鼓断人行，边秋一雁声。露从今夜白，月是故乡明。有弟皆分散，无家问死生。寄书长不达，况乃未休兵。"字句间，真切的关怀，唯有借月思人。或他也在望月，唯此孤轮，映见别离，一如白居易诗中所言，"共看明月应垂泪，一夜乡心五处同"。

《常棣》中，藏着许多道理，皆为至理之言，其劝勉之心，亦为深浓。"宜尔室家，乐尔妻帑。是究是图，亶其然乎？"经过了风风雨雨，怨恨情仇，到了该放下之时，亦当坦然放下。

"妻子好合，如鼓瑟琴。兄弟既翕，和乐且湛。"人生如这一窗的风雨，有所悲，亦有所喜。也繁闹，也冷清，也亲近，也疏离。

而今身侧，既无良人，也无知音，更无兄弟相携。独坐楼台，倚着诗书，看一庭繁盛的草木，几窗烟雨，过去的终将过去，将来的亦会到来。我也只是一个时代的过客，我在或不在，皆是天地祥和，岁月长好。

昔我往矣，
杨柳依依

《诗经·小雅·采薇》

采薇采薇，薇亦作止。曰归曰归，岁亦莫止。

靡室靡家，猃狁之故。不遑启居，猃狁之故。

采薇采薇，薇亦柔止。曰归曰归，心亦忧止。

忧心烈烈，载饥载渴。我戍未定，靡使归聘。

采薇采薇，薇亦刚止。曰归曰归，岁亦阳止。

王事靡盬，不遑启处。忧心孔疚，我行不来！

彼尔维何？维常之华。彼路斯何？君子之车。

戎车既驾，四牡业业。岂敢定居？一月三捷。

驾彼四牡，四牡骙骙。君子所依，小人所腓。

四牡翼翼，象弭鱼服。岂不日戒？猃狁孔棘！

　　昔我往矣，杨柳依依。今我来思，雨雪霏霏。

　　行道迟迟，载渴载饥。我心伤悲，莫知我哀！

　　焚香，煮茶，听一曲琴音，仿佛已成了当下生活的全部，而这份清简与宁静，亦是多年的夙愿。只是再平淡的日子，心不止息，仍有杀伐征战，风刀霜剑。

　　行文至今，已非第一次书写边关，描绘征戍。然再起文思，要写它时，依然觉心下沉重，难以落笔。悲于世者，不悲于身。虽我境界不足，亦有悲世之心，悯人之意。或许只有把忧思寄在世间，才看淡了得失，经历过沧海桑田，才不会轻感离合。

　　满庭无声岁月，数载烟雨江南。我独守梅庄，不与世比，不与人争，赏的是绿柳繁花，读的是春秋古卷，却盼着哪一天能在岁月的枯荣里，淡看花开花落，云聚云散。心事平和，存有慈悲，不再为那惨绿愁红轻易悲欢。

　　细心想来，人世已有太多不足，何必再为一己得失，徒生为难。纠缠强难，不过是互相消耗，蜗角争斗，免不了两败俱伤。然而，这世间又偏偏是个杀伐之地，多事之域。自古以来，战事不歇，虽起因各异，过程不同，却有着一样的结局。

自古佳篇，不仅要辞藻之间见灵见秀，更要于句读间生风生云。这篇《采薇》描写了边境战事，也是《诗经》中的名篇之一。其间无论措辞用句，还是篇章安排，都见奇处。虽不如《离骚》之于《楚辞》，《子虚》之于汉赋，却是"诗三百"中的名品，堪谓上佳之作。

南朝刘义庆《世说新语》中有载，谢安趁子弟聚会之时，问道："《毛诗》何句最佳？"谢玄回道："昔我往矣，杨柳依依。今我来思，雨雪霏霏。"虽不为谢安所取，依然尽睹其妙。古人借之入笔，多得佳句；今人借它比兴，亦有奇言。

整篇诗作，通过倒叙手法，写了一位征夫，于雨雪霏霏之时，独自回乡之事。他满怀悲戚的回忆，描述了当时边关的真实境况，以及百姓对战争的反感与无奈。

《毛诗序》里这样说道："《采薇》，遣戍役也。文王之时，西有昆夷之患，北有狎狁之难。以天子之命，命将率遣戍役，以守卫中国。故歌《采薇》以遣之……"所说的是周文王为了征兵治国，而作了这首《采薇》。后代各家却有着不同的看法，于此不多论述。

"昔我往矣，杨柳依依。今我来思，雨雪霏霏。"那一年征夫随军远行，杨柳依依，如花年少。行过村头，那魂萦梦牵的女子，鬓簪桃花，正自浣衣溪畔，明媚了整个春天。清澈的溪水，映着似梦的年华，娇羞婀娜。

那一眸清泉似的双眼，泛着几多难舍难弃的温柔。二人见过最后一面，就此离别，来不及诉说心事，更不能卿卿我我。林风拂过，吹落了伊人鬓上花，吹皱了翠色裙，留它十年别梦，沉在水云。再相聚，不知何年，不知那时的她，是否已嫁作人妇，又与谁相守相依。

那一年征夫独自归来，雨雪霏霏，身心疲惫，征人半老。大雪洒落，冰冷了行步，冻损了心扉。灰暗的天地间，容不下一丝苍绿与生机，唯有青松几株，与风相斗，瑟瑟为歌。冰封的河流连绵了弥望的忧伤，苍白的记忆也已结满了冰霜。几簇荻花，倚着枯荷，无精打采，不识来人。

那个近乡情更怯的行者，就这样走在满是泥泞的路上，饥饿难耐，举步维艰。山路崎岖逶迤，一直到远方，看不到尽头。背着空空的行囊，唯有一身的伤病，鬓角白发，以及天外的雪，边关的山。多年不休的战事，已经让他麻木不堪，心灰意冷，多少次生死之间，才有了这一次迟到的归来。

"夫天地者，万物之逆旅也；光阴者，百代之过客也。"岁月无痕，青春一饷，来不及等待，亦来不及犹豫，更无可追悔。然而你我在有限的光阴里，几多迷茫，不知依寻。直到逝去了时光，云散天开，却发现青春不再，无可回头。

亦如李商隐《无题》所言，"此情可待成追忆，只是当时已惘然"。等沉淀了岁月，渐至内心澄澈，世事洞明，再无可追忆之事，可挂牵之人。

多情之人往往困于情，才子则多困于才，佳人多困于貌。等到一朝明了，万般知晓，往往是争功者，冯唐易老；弄文者，江郎才尽；好貌者，人老珠黄。

佛家云，娑婆即遗憾。看似悲感的尘世中，也许只有遗憾，才让生命无憾，恰恰是不完美，才成就了完美。一样的身世，一般的际遇，有些人悲伤，有些人愉悦，有些人寂灭无声，有些人则燕处超然。

那位战场归来的征夫，披着大雪，踏着泥泞，踽踽独行。仿佛又梦回沙场，来到了那个流血的边关，那个熟悉又陌生的地方。因着猃狁不停进扰边疆，导致战事不断，连绵数载。

那些在四季里，不停生长的薇菜，见证时光的流逝，亦如人的忧愁一般，成了一望无际的莽原。古老的边关，食无可食，只有取薇菜为餐，聊以解饥。居无定所的战士们，还要每天忍着饥渴，忧心如焚，奔南走北，誓死拼杀。

"曰归曰归，岁亦莫止。"一次次说可以回家，然而经过了春夏，熬过秋冬，几多承诺，却付流水。唯有原野上的薇菜，从无到有，从柔弱到刚强，在一岁又一岁的枯荣中，催促了流年，吹散了岁月。

"我戍未定，靡使归聘。"边关之情，永远是驿路上折不完的离别柳，春风吹不过的玉门关。当然，那时还没有玉门关，但那种征戍边关之情无二。因着战事不断，连封家书都无法寄回，怎能让人不生惆怅？

曾经将军乘坐高大的战车，一次次领兵出战，装备精良，千军万马，征夫拥在车旁，奋力前行。不停的征战里，无处可躲，或胜或败，或生或死。这些盛大的场面，亦让征夫生些豪气，久念不忘。"醉里挑灯看剑，梦回吹角连营。八百里分麾下炙，五十弦翻塞外声。沙场秋点兵。"唯宋人辛弃疾的《破阵子》，可述其景。

"我心伤悲，莫知我哀！"征人满怀的思绪，无人知晓。也许，他的家园已失，早无家可归。也许，他的伊人不在，韶华已逝。颓败的墙屋间，蛛网缠绕，堂上野狐横行，鼠雀栖身。唯有多情的春风，曾经吹翠庭前的草木，几番又被秋风吹朽了门户，霜雪压折了脊檩。

人世如浮萍，漂泊无定踪。当我们经过了千山万水，春秋冬夏，看惯了浮沉起落，悲欢离合，又该行向何方，归于何处？曾经为爱追寻，为一些儿女情长，郁郁寡欢，悄悄落泪。却又终被辜负，心中忧伤也罢，悔恨也罢，当时光流逝，走过山山水水，却发现，我一直在自己的故事里，并未远行。

置身江南四月，抑或醉于某段独会的美好。有时想来，如今静好光阴，盛世升平，能于一屋一轩之中，焚香抚琴，将岁月煮成一盏清茶，方是人生至乐。宛若一株白莲，于翠波间也好，浊水中也罢，都是静沐风雨，枝蔓亭亭，不染不妖。

　　浩荡河山，几多残影，几多旧迹，终成过往。多少杀伐纷乱，离合故事，不甚在心，无思无虑。坐于细碎的光影下，任它红尘起落，静看幽人来去。

他山之石，可以攻玉

《诗经·小雅·鹤鸣》

鹤鸣于九皋，声闻于野。鱼潜在渊，或在于渚。

乐彼之园，爰有树檀，其下维萚。他山之石，可以为错。

鹤鸣于九皋，声闻于天。鱼在于渚，或潜在渊。

乐彼之园，爰有树檀，其下维榖。他山之石，可以攻玉。

旧时于村落，喜独自一人，踏着薄薄浮霭，寻入空旷晨山，听那鸟啼蝉唱，静坐于某处，细听岩下泉响。或穿过山谷，拂开幽幽翠丛，走入葱茏泽地，惹一袖风，收一襟云。置身其间，感受天地融合之韵，万物之美。任微风起于草丛，舞动苍翠的绿林，摇曳生姿，瑟瑟有声。

　　许多年后，流转于城市，任灯火璀璨，人潮熙攘，心中始终留一片宁静，无风无浪，月光洒满。于此，远离了一切红尘的声响，邻家的犬吠、行者的喧哗，都被关在门外。甚至忘记了过往的人情世事，悲欢离合，忘记了茶与琴，文与墨。于此刻，重温那种孤绝之境，山水之韵。

　　登山临水，是一个人遁世修行的最好方式。也许没有一叶孤舟、青蓑竹笠，挥一棹江水，怀一袖飞云，却可以逍遥来往，任步东西。寻幽，转入深林花木，看那夹津红树，在苍翠间，带着几许画意诗情。古人笔下的桃花源，令人向往，千百年来，却始终寻不到踪迹。

　　"鹤鸣于九皋，声闻于天。"九皋之间，翠藤牵着紫蔓，荻花倚着荷莲，远望风景，一连翠色。于此，忽闻几声鹤啼，清亮无比，传遍四野。仿佛只要东风一起，这只野鹤即可举翼而起，直入云霄。化身鲲鹏，舞于九天，横翅击水，云开万里。这时它却在人间，栖息于某个静静的原野，心怀锦玉，幽幽独步。

　　鹤在古代被视为长寿、吉祥和高雅之禽，故被称为"仙鹤"。仿佛鹤与长风同在，仙韵同生。幼时游玩，观邻家有画，题为"松鹤延年"，很是喜欢。图上几只仙鹤，傍松倚石，或高雅闲步，或静如处子，或展翅欲舞，恍闻清啼在耳，一旁飞云漠漠，头上丹日隐耀，一举一动间，皆有仙意。后来读书，方会其间所寄，知意境悠远。

与鹤相关之名胜，最为人知者，当为黄鹤楼。其名字由来，虽有数家之言，各取不同，终有古人留句，引为风雅。唐代诗人崔颢有《黄鹤楼》诗："昔人已乘黄鹤去，此地空余黄鹤楼。黄鹤一去不复返，白云千载空悠悠。"

当年李白经过黄鹤楼，见了崔颢诗句，自觉不能超越，搁笔不题，转赋凤凰台。其间韵致，也有效仿痕迹。南宋诗论家严羽《沧浪诗话》评道："唐人七言律诗，当以崔颢《黄鹤楼》为第一。"可见此诗在艺术上的成就，以及于历史上的影响。

历代写鹤诗词，亦不在少数。杜牧写鹤之诗："清音迎晓月，愁思立寒蒲。丹顶西施颊，霜毛四皓须。碧云行止躁，白鹭性灵粗。终日无群伴，溪边吊影孤。"杜牧笔下的鹤，虽具仙气，却多苦闷。唯有清音阵阵，心逐晓月夕风，立影寒蒲，不与俗客往来，吊影溪边，孤独无群。

欧阳修亦有鹤诗："樊笼毛羽日低摧，野水长松眼暂开。万里秋风天外意，日斜闲啄岸边苔。"秋风万里，日斜天外，这里的鹤，更似《鹤鸣》中的鹤，清绝之余，多了一份从容与旷达。

鹤之为物，性情淡雅，姿态美妙，被称为"一品鸟"。又因它雌雄相随，有规有矩，情笃不淫，故古人多以白鹤喻有品德的贤达之士。那些德才兼备，名声在外，却并未出仕的人，被称为"鹤鸣之士"。

卫懿公喜鹤养鹤，给鹤封官加爵，养在身侧，每逢出行，都有车马载之。亦因此招来几多怨恨，失了人心。直到两国征战，大臣们皆不肯卖力，道："使鹤，鹤实有禄位，余焉能战？"鹤虽蒙深恩，有爵有禄，终难领兵征战。

后来，卫懿公身亡，留下许多骂名。然而，他虽愚顽，却未累及仙鹤。到底是人有愚贤，物却无心。君子佩玉，温润品性；小人佩玉，无伤玉品。

还有一位喜鹤之人，是林和靖。他隐居在西湖孤山，常驾舟独游，寻些诗朋酒侣。出门之时，霞光映水；归来之时，星辉满布。游于湖山之间，不知身在何处。每逢有佳客来寻，他即令童子放鹤，见之归来，不误风雅。

　　《红楼梦》里逢贾府中秋之宴，湘云与黛玉二人来至凹晶馆，吟诗联句。湘云见水中有影，捡石投之，惊飞了栖息的仙鹤，寻得灵感，即景吟来"寒塘渡鹤影"，黛玉连声赞好，并吟出了她的对句"冷月葬诗魂"。这里以"鹤影"来喻湘云，更以"鹤势螂形"来概述她的体貌，预示了她的孤独和凄凉。

　　"鱼潜在渊，或在于渚。"锦鲤有时沉影在水波深处，借荇草隐形，江石隔望，不让人寻到踪迹。有时，又栖在荷花遍布、芦丛围绕的浅岸，留给世人一个美妙的姿态。似乎也有那么一个时节，它能化身为鲲，栖于北冥，游于天池。等跳过龙门，化鲤为龙，呼风唤雨，吞云吐雾。

　　《毛诗序》说："《鹤鸣》，诲宣王也。"《郑笺》补充说："诲，教也。教宣王求贤人之未仕者。"宋代朱熹《诗集传》则认为这是一篇劝人为善之作："此诗之作，不可知其所由，然必陈善纳诲之词也。"

　　读《鹤鸣》，亦从古人之意，至于文之具体，千百年来，也是各执一词。唯此争论，愈能见文锦绣，回味无穷。正所谓"横看成岭侧成峰，远近高低各不同"，千万人眼中，有千万篇《鹤鸣》。

　　"乐彼之园，爰有树檀，其下维萚。"佳园秀林，风景如画，中有红花绿树，细流响泉。上有树高千尺，良木引禽，下面却是杂草千堆，灌木丛丛。有那姹紫嫣红之春日，亦有枯枝碎叶、满目萧条之秋时。

　　古语云："金无足赤，人无完人。"于人言之，纵是气韵孤高，才品皆备，或有不足之处，晦暗之伤。于众言之，则有君子小人，净末旦丑。虽是风气和正，礼仪之乡，终有害群之马，坏汤之物。于国言之，广有贤才，堪为社稷栋梁，亦有愚才，只顾一己私利。

　　优劣同在，良莠不齐，方会"三人行，必有我师焉"之意。弃其恶，从其善；远其短，取其长；避其俗，寻其雅。于别人优点中，寻自己之不足，从别人缺陷中，寻到避开之径。

　　溪中之石，须经过千般雕琢，水石相击，方成鹅卵。因其圆润之形适合观赏，被人铺在园林，与花木同芳，和禽鸟为伴。若无粉身碎骨之念，撕心裂肺之伤，寻一处淤泥裹身，经千百年日晒风吹，也和烂石同朽了。

　　《诗集传》引程颐之语，曰："玉之温润，天下之至美也。

石之粗厉，天下之至恶也。然两玉相磨不可以成器，以石磨之，然后玉之为器得以成焉。犹君子之与小人处也，横逆侵加，然后修省畏避，动心忍性，增益预防，而义理生焉，道德成焉。"

"他山之石，可以攻玉。"也正是他山之石，这些平常庸俗之物，可以制为磨砺之石，用来琢玉。人之品质，亦因小人在侧，在不停磨砺中，经风经雨，砥节砺行，终成人杰。

人生路长，时有顺逆。顺境之时，云阔天开；逆境之时，风雨飘摇。有晴空万里，必有烟雨霏霏；有春光若梦，自有冰冻千里。能于春光中会到融融春意，万物青葱，固然可喜。然经无边荒漠，酷暑寒冬，还能守住心泉，留那一湖宁静与淡然，方是至柔至刚。

待到归去时节，亦不必与人交代，无须与物诀别。或为鹤，或为鱼，或为石，或为玉，化身千百亿，又缥缈无形，不沾风染月，不披花戴雨。就那般寂静往来，无生无灭。

靓尔新昏，
以慰我心

《诗经·小雅·车辇》

间关车之辇兮，思娈季女逝兮。匪饥匪渴，德音来括。

虽无好友，式燕且喜。

依彼平林，有集维鹬。辰彼硕女，令德来教。式燕且誉，好尔无射。
虽无旨酒，式饮庶几。虽无嘉肴，式食庶几。虽无德与女，式歌且舞。
陟彼高岗，析其柞薪。析其柞薪，其叶湑兮。鲜我靓尔，我心写兮。
高山仰止，景行行止。四牡骓骓，六辔如琴。靓尔新昏，以慰我心。

　　世间女子皆似尘花一朵，世卉一株。其为人，或淡香如菊，
或清雅若兰，或灿如桃花，或高标若梅。虽意韵有别，姿态迥
异，却又独具其美，各领风骚。总有那慕香之客，寻意之蝶，则

多是迷其所恋，取其所喜。

女子亦一世如花，因着年岁渐长，虽有变化，但不损其芳，稍减其姿。女子一生之最美，在于归之时。唯这时，风华万千，容貌如仙，恍若花枝盛放，韵入仲春。

那位寤寐思之、魂萦梦牵的少年，亦是欢喜无比，满怀憧憬。二人终可结成连理，双宿双飞，不必对月遣怀，望花落泪。亦不必独梳锦羽，羡人成双。

曾经，我亦想在妙年遇着一人，结成良缘，头戴凤冠，身披霞帔，轻挪莲步，环佩叮当。乘上花轿，一旁流苏彩带，缀满枣栗，外面锣鼓喧哗，顽童嬉笑，嫁入一个村南村北人家，过着平凡而真实的生活。然而，我背弃了安稳，选择远行，为了梦想与自由，离开了那片桑梓之地，徜徉在繁城水乡。

简单的行囊，藏锦绣文辞，半生文梦。光阴往来，年年岁岁，看画桥烟柳，水荇青萍。人间韶华，终是一去无回，不为谁留。如今虽容颜瘦损，淡雅依然，但已是山眉渐浅，纹生眼角。逢着江南春好，要再往那亭台间，赏一林花事，竟觉没了心情。细想其因，许是怕百花妖娆，正值芳年，再顾时，徒生伤感吧。

《毛诗序》云："《车辇》，大夫刺幽王也。褒姒嫉妒，无道并进，谗巧败国，德泽不加于民。周人思得贤女以配君子，故作是诗也。"《毛诗序》认为这是讽刺周幽王的诗。他不加恩泽于民，听信褒姒谗言巧语，以致败国。朱熹《诗集传》则道"此燕乐其新昏之诗"，认为是一篇新婚宴乐的诗。

"虽无旨酒，式饮庶几。虽无嘉肴，式食庶几。虽无德与女，式歌且舞。"能与一人相守一世，布衣荆钗，举案齐眉，纵尝艰辛，历劫数，无有佳肴美馔，不居广厦豪庭，又有何妨？

一夕一朝一处梦，一诗一句一相思。回念当初，偶然相逢，相似的追求，熟悉的文辞，虽远隔千里，一般清贫，却是春风气度，明月精神。然而，因人世诸多纷繁，就此擦肩，再未和春光邀约，却时常梦里相逢。回首处，不禁唏嘘，欠君一壶酒，还君一卷词。

旧式婚姻，须门当户对，命从父母，言依媒妁。纵然品德不匹，相貌迥异，年岁不同，亦无可奈何。正是这种缺失，惹得阴差阳错，常使红颜薄命、鸳鸯失伴，留下几多悲感，几多遗憾。

"红酥手，黄縢酒，满城春色宫墙柳。"这段耳熟能详的词句，出自陆游的《钗头凤》。陆游和唐琬曾经喜结连理，琴瑟和谐。他能诗会墨，她识琴善书；他挥毫立就，她援笔词成。"然不当母夫人意，因出之。"仅仅因陆母不喜唐琬，一己私心，将之休回，拆了良缘。纵陆游千万个不忍，亦无他策，无力反抗。

多年以后，陆游在沈园遇着唐琬，依然不忘前情，于墙壁之上，写下这首词。一字一句，令人断肠。唐琬读罢，伤情无比，和了一首词，其下半阕是："人成各，今非昨，病魂常似秋千索。角声寒，夜阑珊。怕人寻问，咽泪装欢。瞒！瞒！瞒！"可谓情之极处，必致损伤。果然，不久后唐琬郁郁而终，一缕香魂，仍无处归依。

陆游晚年之时，写下《沈园》二首，以缅此情。"梦断香消四十年，沈园柳老不吹绵。此身行作稽山土，犹吊遗踪一泫然。"其情深处，未曾没于光阴，忘于岁月。除了这段情事，还有梁祝二人，情深似海，却因门第观念，不能相守，直至双双殉情，化身为蝶。

至远至近父子，至亲至疏夫妻。汉代朱买臣，虽饱有才学，却家贫无比，年近四十，无甚功名。往山中打柴，负薪而歌，被人耻笑。其妻劝之不能，觉得羞愧，要与他相离。买臣苦劝不得，只好写了休书，任她离去。后来买臣得武帝赏识，官升太守。其妻知道，要与他和好，买臣婉言拒之，呼人以盆水洒地。其妻见状，羞愧无比，不再纠缠买臣。

有时想来，人之所求，都不过是一己偏见。所求不同，则易生嫌隙。偏偏世事艰辛，直至化成利刃，刺伤彼此，终致鸳鸯离散，劳燕分飞。于买臣妻眼中，锦衣玉食，高粱大屋，才为人生所求；任买臣多少文采，几多风流，于她眼中，或不如一草一木，一粥一食。

尘世夫妻，亦是缘成，或各秉己志，各持其性，立身之处，原无对错可言。虽初时或天各一方，相貌有别，才识不同；然相处时久，或可志趣渐近，渐至相融。亦有那相处一世，不能容纳之人，怕是前世冤家，今生消磨。

若说古代姻缘，夫妻不能自主，因于门户，碍于父母，生些遗憾。奈何到了眼前，纵是爱好相仿、志趣相投者，亦生离索。

徐志摩与陆小曼是民国时期的一对生死恋人。二人经历凡尘爱恨，过尽千帆，方相守相依。曾经不顾一切，誓要生死相随，后来却渐行渐远。直到徐志摩身死，陆小曼才重新收拾心情，四季着素服，不再出入娱乐场所，拒绝一切往来交织。

于拜祭之时，她写下："肠断人琴感未消，此心久已寄云峤。年来更识荒寒味，写到湖山总寂寥。"她是爱他的，却经不起平淡流年，无法承受那段真实的相守。

萧军与萧红亦是民国时期的才子佳人，文辞相当，却因脾气心性，生了猜嫌，直至打骂相加，一朝分别。张爱玲与胡兰成也因诸多俗事，不能相守。爱到最后，成了辜负，转而抛掷，形同陌路。可见，感情之间，太多幻变，不因于人，不因于物。

巷陌夫妻，也时生矛盾，却未曾远离。直到有一天，子女渐长，岁月昏黄，彼此放下恩怨，共守白头。他们能接受一切，不论是非，除了岁月荏苒，让人无奈外，更多的是因追求相近，认知相仿。

"高山仰止，景行行止。四牡骓骓，六辔如琴。觏尔新昏，以慰我心。"高尚的品格，终如冰心玉壶，傲雪松梅，为人景仰，亦如高山在前，岿然不动。那位男子总算如愿，娶得贤妻，再无相思，自此一世欢喜。

想起《论语》有言："仰之弥高，钻之弥坚。瞻之在前，忽焉在后。夫子循循然善诱人，博我以文，约我以礼，欲罢不能。既竭吾才，如有所立卓尔。虽欲从之，末由也已。"

于此，方深深体会，人之至者，当情似高山，心如大海。放下一己，见天地众生，不拘泥于一城一池，任是情生情起，无谓花谢花开。

《 诗 经 》 新 译

《诗经·国风·周南·关雎》

关关雎鸠，在河之洲。窈窕淑女，君子好逑。

参差荇菜，左右流之。窈窕淑女，寤寐求之。

求之不得，寤寐思服。悠哉悠哉，辗转反侧。

参差荇菜，左右采之。窈窕淑女，琴瑟友之。

参差荇菜，左右芼之。窈窕淑女，钟鼓乐之。

雎鸠对唱声关关，相依相偎河洲间。美丽窈窕贤淑女，堪为君子好侣伴。

荇菜在水参不齐，于左于右且捞之。美丽贤淑谁家女，醒来睡去思无极。

求之百遍总未得，白天黑夜任蹉跎。思念悠悠长不尽，辗转无眠夜几何。

荇菜油油势参差，忽左忽右且采之。美丽贤淑窈窕女，抚琴鼓瑟欲友之。

荇菜油油势参差，忽左忽右去拔它。美丽贤淑窈窕女，敲起钟鼓取悦她。

《诗经·国风·周南·葛覃》

葛之覃兮，施于中谷，维叶萋萋。

黄鸟于飞，集于灌木，其鸣喈喈。

葛之覃兮，施于中谷，维叶莫莫。

是刈是濩，为绤为绤，服之无斁。

言告师氏，言告言归。薄污我私，薄浣我衣。

害浣害否，归宁父母。

葛草青青翠蔓长，漫山遍野占风光，藤叶繁茂郁苍苍。黄鸟无端飞上下，闲时栖息灌木中，鸣声婉转传四方。

葛草青青翠又鲜，漫山遍谷尽绵延，簇叶缠藤自天然。割藤还须泡水煮，细布粗麻各自取，裁成衣裳换新颜。

诉与管家心中话，思情不绝欲归家。洗罢内衣无污垢，又洗外衣无尘沙。洗与不洗有次第，心念父母早归家。

《诗经·国风·周南·桃夭》

桃之夭夭，灼灼其华。之子于归，宜其室家。

桃之夭夭，有蕡其实。之子于归，宜其家室。

桃之夭夭，其叶蓁蓁。之子于归，宜其家人。

桃开万朵立千枝，艳似彤火绕树低。谁家女儿初嫁去，无边喜气入夫家。

桃开盛放千万朵，结似蟠桃大又多。贤淑女儿初嫁去，多子多福家业阔。

桃花盛开艳一林，翠叶繁茂簇成荫。贤淑女儿初嫁去，家庭和睦婆姑亲。

《诗经·国风·周南·汉广》

南有乔木，不可休思。汉有游女，不可求思。

汉之广矣，不可泳思。江之永矣，不可方思。

翘翘错薪，言刈其楚。之子于归，言秣其马。

汉之广矣，不可泳思。江之永矣，不可方思。

翘翘错薪，言刈其蒌。之子于归，言秣其驹。

汉之广矣，不可泳思。江之永矣，不可方思。

南山有木高千尺，下有阴凉不可息。汉水清清游女美，欲求无路知不及。

汉江广阔连天畔，欲渡不能空喟叹。悠悠波水长又长，舟筏难渡归滩岸。

乱柴闲草错杂生，取来镰刀割楚荆。如花女儿出嫁去，喂饱骢马待启程。

汉江广阔连天畔，欲渡不能空喟叹。悠悠波水长又长，舟筏难渡归滩岸。

柴草丛丛连低高，取来镰刀割蒌蒿。如花女儿出嫁去，欲行先喂马驹饱。

汉江广阔连天畔，欲渡不能空喟叹。悠悠波水长又长，舟筏难渡归滩岸。

《诗经·国风·召南·草虫》

喓喓草虫，趯趯阜螽。未见君子，忧心忡忡。

亦既见止，亦既觏止，我心则降。

陟彼南山，言采其蕨。未见君子，忧心惙惙。

亦既见止，亦既觏止，我心则说。

陟彼南山，言采其薇。未见君子，我心伤悲。

亦既见止，亦既觏止，我心则夷。

听那蝈蝈叫，蚱蜢四处跳。未见着君子，我心好浮躁。如我见着他，如我偎着他，心中无烦恼。

登上南山头，采摘蕨菜叶。未见着君子，我心真凄切。如我见着他，如我偎着他，我心多喜悦。

徒步登南山，提篮去采薇。未见君子来，我心真伤悲。如我见着他，如我偎着他，心中不戚戚。

《诗经·国风·召南·摽有梅》

摽有梅，其实七兮。求我庶士，迨其吉兮。

摽有梅，其实三兮。求我庶士，迨其今兮。

摽有梅，顷筐塈之。求我庶士，迨其谓之。

梅子纷纷落，果实还余七。有心求我者，莫要负吉时。

梅子纷纷落，树上余三成。求我之众士，须要在今夕。

梅子纷纷落，竹筐来收拾。有心小伙子，切莫再迟疑。

《诗经·国风·召南·江有汜》

江有汜，之子归，不我以。不我以，其后也悔！

江有渚，之子归，不我与。不我与，其后也处！

江有沱，之子归，不我过。不我过，其啸也歌！

江水分开又流回，良人一去不复归，自此你我不相随。自此你我不相随，终有一日你后悔！

江水之上有小洲，良人一去不回头，自此你我不同游。自此你我不同游，他朝岁月多烦愁！

江水分流又成河，良人一去时日多，自此你我陌路隔。自此你我陌路隔，亦可长啸亦可歌！

《诗经·国风·召南·野有死麕》

野有死麕，白茅包之。有女怀春，吉士诱之。

林有朴樕，野有死鹿。白茅纯束，有女如玉。

"舒而脱脱兮！无感我帨兮！无使尨也吠！"

獐子死在荒野间，寻来白茅细束好。少女怀春春意俏，多情少年任招摇。

林中小木生丛枝，荒野有鹿死几时。白茅捆绑献与谁？有位少女美如玉。

"且待舒缓再成之！莫动腰裙出声息！惹得狗儿叫声起！"

《诗经·国风·邶风·柏舟》

汎彼柏舟，亦汎其流。耿耿不寐，如有隐忧。

微我无酒，以敖以游。

我心匪鉴，不可以茹。亦有兄弟，不可以据。

薄言往愬，逢彼之怒。

我心匪石，不可转也。我心匪席，不可卷也。

威仪棣棣，不可选也。

忧心悄悄，愠于群小。觏闵既多，受侮不少。

静言思之，寤辟有摽。

日居月诸，胡迭而微？心之忧矣，如匪浣衣。

静言思之，不能奋飞。

柏舟在水荡悠悠，且泛清波随水流。耿耿长夜难入睡，几多忧虑在心头。不是壶中无美酒，唯愿随波任遨游。

我心原非青铜镜，不可尽知人心意。亦有长兄和幼弟，谁道兄弟难依恃。前去欲诉心中苦，怎奈凭空惹嫌弃。

我心非似鹅卵石，随意转动任东西。我心非似软草席，翻卷百遍不折丝。我有威仪多娴雅，怎可懦弱被瞒欺。

忧愁在心实难遣，惹得小人多猜嫌。几番遭遇无从数，受尽侮辱更难言。静心细细来思量，捶胸扪心知其然。

白日在天月守夜，为何明暗两交替？不尽忧愁积满心，好似身畔未洁衣。静心细细来思量，无有羽翼怎高飞。

《诗经·国风·邶风·绿衣》

绿兮衣兮，绿衣黄里。心之忧矣，曷维其已！

绿兮衣兮，绿衣黄裳。心之忧矣，曷维其亡！

绿兮丝兮，女所治兮。我思古人，俾无訧兮！

絺兮绤兮，凄其以风。我思古人，实获我心！

绿色衣裳黄里子，物是人非已几时，心中忧伤何日止！

绿色上衣黄下裳，往事如梦恩情长，心中忧伤何时忘！

绿色丝线亲手制，幸得贤妻多相劝，为人处世少过失！

葛衣单薄冷在身，人间天上无穷期，唯有亡妻得我心！

《诗经·国风·邶风·燕燕》

燕燕于飞，差池其羽。之子于归，远送于野。

瞻望弗及，泣涕如雨。

燕燕于飞，颉之颃之。之子于归，远于将之。

瞻望弗及，伫立以泣。

燕燕于飞，下上其音。之子于归，远送于南。

瞻望弗及，实劳我心。

仲氏任只，其心塞渊。终温且惠，淑慎其身。

先君之思，以勖寡人。

燕子天上飞，羽翼展参差。妹子今远嫁，送至野外时。瞻望不见影，落泪纷雨滴。

燕子天上飞，起落舞身姿。妹子今嫁去，依依去送离。瞻望不见人，伫立独自泣。

燕子飞天上，呢喃声低昂。妹子今远嫁，送她去南方。瞻望不见人，实在心悲伤。

二妹人重信，心中思虑深。温良又和顺，谨慎守其身。常念父王德，勉励我心中。

《诗经·国风·邶风·终风》

终风且暴，顾我则笑。谑浪笑敖，中心是悼。

终风且霾，惠然肯来。莫往莫来，悠悠我思。

终风且曀，不日有曀。寤言不寐，愿言则嚏。

曀曀其阴，虺虺其雷。寤言不寐，愿言则怀。

狂风整日急且暴，情郎顾我时欢笑。行为放浪又倨傲，使我心中添寂寥。

狂风肆意尘沙绕，不知情郎肯来到？自从与我断往来，唯有相思躲不掉。

狂风倨傲转阴沉，天色蒙蒙聚重云。夜半醒来难入睡，念着旧事思旧人。

凄风过处天地昏，雷声隐隐复沉沉。夜半醒来难入睡，唯有相思不离心。

《诗经·国风·邶风·击鼓》

击鼓其镗，踊跃用兵。土国城漕，我独南行。

从孙子仲，平陈与宋。不我以归，忧心有忡。

爰居爰处？爰丧其马？于以求之？于林之下。

死生契阔，与子成说。执子之手，与子偕老。

于嗟阔兮，不我活兮。于嗟洵兮，不我信兮。

耳边战鼓响声声，将士踊跃大练兵。有众留国筑漕城，独我从军向南行。

追随将军孙子仲，与陈和宋两国争。事休不让回故国，唯我心忧总难平。

不归之人今何处？走失战马随何人？不知何处可找寻？恐在山中最深林。

同生共死不分说，你我早已定誓约。愿携君手无悔意，相守白头共蹉跎。

唯怕时岁隔太久，再无缘分相会合。又怕相隔太久远，再无初心守旧约。

《诗经·国风·邶风·静女》

静女其姝，俟我于城隅。爱而不见，搔首踟蹰。

静女其娈，贻我彤管。彤管有炜，说怿女美。

自牧归荑，洵美且异。匪女之为美，美人之贻。

娴静女子美无比，与我相约在城隅。却又藏躲不肯见，惹我搔首空犹豫。

娴静女子好容颜，赠我一支红彤管。彤管烨烨生光彩，喜它美好又明艳。

野外白茅采相送，十分美妙又不同。非是荑草太美妙，美人相赠珍似宝。

《诗经·国风·鄘风·君子偕老》

君子偕老，副笄六珈。委委佗佗，如山如河，象服是宜。

子之不淑，云如之何！

玼兮玼兮，其之翟也。鬒发如云，不屑髢也。

玉之瑱也，象之揥也，扬且之皙也。胡然而天也！胡然而帝也！

瑳兮瑳兮，其之展也。蒙彼绉𫄨，是绁袢也。

子之清扬，扬且之颜也。展如之人兮！邦之媛也！

愿与君子到白首，佩饰满头玉簪巧。落落大方真得体，步态轻盈太美妙，礼服在身添妖娆。谁道德行如残絮，对她怎能生出好！

衣裳灿烂又绚丽，彩羽礼服绣山鸡。一头黑发如盘云，不须假发来装饰。耳饰随风韵叮叮，象牙针钗头上明，额头白净俏无比。恍若天仙出紫府，好似帝女来尘世！

衣裳美好又鲜光，软软轻纱做外装。着上绉纱细葛布，白色内衣多清爽。明眸善目亦清扬，面容秀丽额宽广。姿态雍容惹人赞，一顾倾城又倾邦！

《诗经·国风·卫风·淇奥》

瞻彼淇奥，绿竹猗猗。有匪君子，如切如磋，如琢如磨。

瑟兮僩兮，赫兮咺兮。有匪君子，终不可谖兮。

瞻彼淇奥，绿竹青青。有匪君子，充耳琇莹，会弁如星。

瑟兮僩兮，赫兮咺兮。有匪君子，终不可谖兮。

瞻彼淇奥，绿竹如箦。有匪君子，如金如锡，如圭如璧。

宽兮绰兮，猗重较兮。善戏谑兮，不为虐兮。

曲曲弯弯淇水滨，秀美翠竹连成林。文采风流真君子，几番切磋学问广，精琢细磨品更馨。心胸豁达仪容好，气宇不凡显赫身。
文采风流真君子，临风一见已倾心。

曲曲弯弯淇水滨，青青翠竹结成荫。文采风流真君子，叮叮美
玉垂至耳，如星宝石饰帽根。心胸豁达仪容好，气宇不凡显赫身。
文采风流真君子，一见一生记在心。

曲曲弯弯淇水滨，幽幽翠竹又一林。文采风流真君子，其人耀
耀如金银，品德高雅似玉温。宽宏大量非俗辈，乘上华车真精神。
妙语如珠好风趣，但留温厚以待人。

《诗经·国风·卫风·硕人》

硕人其颀，衣锦褧衣。齐侯之子，卫侯之妻，东宫之妹，

邢侯之姨，谭公维私。

手如柔荑，肤如凝脂，领如蝤蛴，齿如瓠犀，螓首蛾眉。

巧笑倩兮，美目盼兮。

硕人敖敖，说于农郊。四牡有骄，朱帻镳镳，翟茀以朝。

大夫夙退，无使君劳。

河水洋洋，北流活活。施罛濊濊，鳣鲔发发，葭菼揭揭。

庶姜孽孽，庶士有朅。

美人高挑润丰姿，外罩披风内锦衣。她本齐庄之娇女，她乃卫
庄之美妻，她是太子之胞妹，刑侯之妻称姐妹，亦是谭公之妻姐。

纤纤玉手柔似荑，肌肤白润似凝脂，颈似蝤蛴细又美，齿如瓠

子好整齐，丰阔额角细长眉。嫣然一笑多情丽，秋波一转美无比。

美人高挑又妖娆，停车歇息在近郊。四匹骏马矫有力，马嚼之上红绸飘，华车徐徐向内朝。诸位大夫早退去，莫使君王太操劳。

黄河之水去汤汤，北流入海归浩荡。大网入水声四起，万鱼戏水真盛状，倚岸芦苇密又长。随嫁女子多秀雅，从嫁仆臣好儿郎。

《诗经·国风·卫风·氓》

氓之蚩蚩，抱布贸丝。匪来贸丝，来即我谋。送子涉淇，至于顿丘。

匪我愆期，子无良媒。将子无怒，秋以为期。

乘彼垝垣，以望复关。不见复关，泣涕涟涟。既见复关，载笑载言。

尔卜尔筮，体无咎言。以尔车来，以我贿迁。

桑之未落，其叶沃若。于嗟鸠兮，无食桑葚。于嗟女兮，无与士耽。

士之耽兮，犹可说也。女之耽兮，不可说也。

桑之落矣，其黄而陨。自我徂尔，三岁食贫。淇水汤汤，渐车帷裳。

女也不爽，士贰其行。士也罔极，二三其德。

三岁为妇，靡室劳矣。夙兴夜寐，靡有朝矣。言既遂矣，至于暴矣。

兄弟不知，咥其笑矣。静言思之，躬自悼矣。

及尔偕老，老使我怨。淇则有岸，隰则有泮。总角之宴，言笑晏晏。

信誓旦旦，不思其反。反是不思，亦已焉哉！

小伙忠厚笑嘻嘻，怀着布匹来换丝。不是有心来换丝，实则与我谈婚事。送郎送过淇水去，直到顿丘方别离。不是我愿误佳期，皆因你处无良媒。劝郎莫要生我气，相约秋日来迎娶。

爬上高墙心不惧，凝望复关目不移。复关漠漠难寻见，相思泪落已成雨。情郎忽从复关来，又笑又说乐开怀。言道卜卦问凶吉，无有凶兆拂人意。且遣车马来相迎，搬去嫁妆好成礼。

桑树叶子正好时，满树苍翠翠欲滴。可恨那些斑鸠儿，莫把桑葚来贪食。可叹那些妙龄女，莫与男子情依依。男子若是为情痴，想要丢开尚容易。女子若是为情痴，来日再也难脱离。

桑叶欲落枝难凭，枯黄憔悴入西风。自从嫁入君家后，数载贫贱苦心情。淇水汤汤流不停，水湿车帷独归程。我为人妻无错事，是尔男子太无情。反复无常缺品性，朝三暮四违德行。

自从嫁入君门后，任劳任怨不辞苦。起早贪黑为理家，未曾一日不劳碌。谁道家业刚兴起，渐至凶恶对我逐。兄弟不知其中事，个个笑我不知足。静下心来细细想，独自落泪心伤楚。

当年起誓共白头，谁道未老生恨怨。滔滔淇水终有岸，不尽沼泽终有边。回念少时多乐趣，谈笑无猜两相欢。海誓山盟犹在耳，哪知今日背誓言。既已毁约难改变，心中何必再留恋。

《诗经·国风·卫风·木瓜》

投我以木瓜，报之以琼琚。匪报也，永以为好也。

投我以木桃，报之以琼瑶。匪报也，永以为好也。

投我以木李，报之以琼玖。匪报也，永以为好也。

你以木瓜赠，我以琼琚报。非为答谢你，只为永相好。

你以木桃赠，我以琼瑶还。非为答谢你，真情永相连。

你以木李赠，我以琼玖报。非为答谢你，真情永相好。

《诗经·国风·王风·黍离》

彼黍离离，彼稷之苗。行迈靡靡，中心摇摇。

知我者，谓我心忧；不知我者，谓我何求。悠悠苍天，此何人哉？

彼黍离离，彼稷之穗。行迈靡靡，中心如醉。

知我者，谓我心忧；不知我者，谓我何求。悠悠苍天，此何人哉？

彼黍离离，彼稷之实。行迈靡靡，中心如噎。

知我者，谓我心忧；不知我者，谓我何求。悠悠苍天，此何人哉？

眼前黏黍一行行，谷子幼苗在生长。落步缓缓复迟迟，心神不定多忧伤。知我心者有其人，知我忧多无处藏；不知我者有其人，谓我所求不可强。悠悠苍天高在上，谁人害我远家乡？

眼前黏黍一行行，谷子穗儿在成长。落步缓缓复迟迟，忧多犹似在醉乡。知我心者有其人，知我忧多无处藏；不知我者有其人，谓我所求不可强。悠悠苍天高在上，谁人害我远家乡？

眼前黏黍一行行，谷子穗满要变黄。落步缓缓复迟迟，心神难定多忧伤。知我心者有其人，知我忧多无处藏；不知我者有其人，谓我所求不可强。悠悠苍天高在上，谁人害我远家乡？

《诗经·国风·王风·采葛》

彼采葛兮，一日不见，如三月兮！

彼采萧兮，一日不见，如三秋兮！

彼采艾兮，一日不见，如三岁兮！

那个采葛姑娘，我心十分念想，一天没见人影，好像三月时光。

那个采萧姑娘，我心十分念想，一天没见人影，好像三秋时光。

那个采艾姑娘，我心十分念想，一天没见人影，好像三岁时光。

《诗经·国风·郑风·女曰鸡鸣》

女曰："鸡鸣。"士曰："昧旦。"

"子兴视夜，明星有烂。"

"将翱将翔，弋凫与雁。"

"弋言加之，与子宜之。

宜言饮酒，与子偕老。

琴瑟在御，莫不静好。"

"知子之来之，杂佩以赠之。

知子之顺之，杂佩以问之。

知子之好之，杂佩以报之。"

女道："鸡鸣天近晓。"夫言："天色犹尚早。"

"不信推窗天上望，金星闪闪光有照。"

"宿鸟今般始试飞，射雁猎凫时正好。"

"野鸭大雁负肩归，与烹佳肴解馋饥。菜好情真还须酒，携手白头与君期。妾为琴音郎鼓瑟，岁月静好即良时。"

"知你心中多关怀，送你杂佩表心扉。知你柔顺心思细，送你玉佩表谢意。知你爱我情意深，送你杂佩以报之。"

《诗经·国风·郑风·东门之墠》

东门之墠，茹藘在阪。其室则迩，其人甚远。

东门之栗，有践家室。岂不尔思？子不我即。

东门之处有平地，山坡茜草生繁密。他家离我仅咫尺，其心隔我数千里。

东门附近种板栗，屋舍俨然甚整齐。怎会是我不思你，不肯亲近原是你。

《诗经·国风·郑风·子衿》

青青子衿，悠悠我心。纵我不往，子宁不嗣音？

青青子佩，悠悠我思。纵我不往，子宁不来？

挑兮达兮，在城阙兮。一日不见，如三月兮。

青青君衣领，悠悠我初心。纵然我不往，你如何不传音？

青青君佩带，悠悠我情怀。纵然我不往，你如何不肯来？

来来又往往，独在城楼上。一天不相见，恍如三月长。

《诗经·国风·郑风·出其东门》

出其东门，有女如云。虽则如云，匪我思存。缟衣綦巾，聊乐我员。

出其闉阇，有女如荼。虽则如荼，匪我思且。缟衣茹藘，聊可与娱。

漫步城东门，美女多如云。虽则多如云，非我思之亲。素衣绿巾者，方为心上人。

漫步城门外，美女似茅花。虽多似茅花，非我愿之佳。素衣红巾者，方是我冤家。

《诗经·国风·郑风·野有蔓草》

野有蔓草，零露漙兮。有美一人，清扬婉兮。邂逅相遇，适我愿兮。

野有蔓草，零露瀼瀼。有美一人，婉如清扬。邂逅相遇，与子偕臧。

野草连成片，草上露闪闪。有位俏女子，眉目颇美艳。不期与相遇，正合我心愿。

野草连成片，露珠大又圆。有位俏佳人，绝世好容颜。不期与相遇，幽会两相欢。

《诗经·国风·秦风·蒹葭》

蒹葭苍苍，白露为霜。所谓伊人，在水一方。

溯洄从之，道阻且长。溯游从之，宛在水中央。

蒹葭萋萋，白露未晞。所谓伊人，在水之湄。

溯洄从之，道阻且跻。溯游从之，宛在水中坻。

蒹葭采采，白露未已。所谓伊人，在水之涘。

溯洄从之，道阻且右。溯游从之，宛在水中沚。

水岸芦苇郁苍苍，盈盈白露结为霜。魂牵梦绕意中人，似在秋水那一方。逆水寻之总不得，道路险阻又漫长。顺游而下亦难求，仿佛她在水中央。

水岸芦苇繁又密，晨露幽幽晒未干。朝思暮想意中人，恍在秋水那一边。逆水寻之求不得，道路险阻又难攀。顺游而下亦难求，仿佛她在水中滩。

水岸芦苇一丛丛，晨露盈盈光犹泛。念念不忘意中人，就在秋水另一岸。逆水寻之求不得，道路险阻又曲折。顺游而下亦难求，仿佛她在水中洲。

《诗经·国风·秦风·晨风》

鴥彼晨风，郁彼北林。未见君子，忧心钦钦。如何如何？忘我实多！

山有苞栎，隰有六驳。未见君子，忧心靡乐。如何如何？忘我实多！

山有苞棣，隰有树檖。未见君子，忧心如醉。如何如何？忘我实多！

向晚小鹰独飞过，栖息北林旧巢穴。至今未见夫君影，忧心难遣又几何。不知今时如何状，怕是薄情忘我多！

青青山上有栎树，低洼之处有梓榆。至今未见夫君影，忧心难遣又几许。不知今时如何状，怕是薄情忘归处！

青青山上有棠棣，低洼之处有山梨。至今未见夫君影，忧心难遣浑似醉。不知今时如何状，怕是薄情忘我时！

《诗经·国风·陈风·衡门》

衡门之下，可以栖迟，泌之洋洋，可以乐饥。

岂其食鱼，必河之鲂？岂其取妻，必齐之姜？

岂其食鱼，必河之鲤？岂其取妻，必宋之子？

衡门之下可栖身，泌水洋洋可忘饥。

吃鱼定要河中鲂？娶妻非要齐姜女？

吃鱼定要河中鲤？娶妻非要贵族女？

《诗经·国风·陈风·月出》

月出皎兮，佼人僚兮。舒窈纠兮，劳心悄兮。

月出皓兮，佼人懰兮。舒忧受兮，劳心慅兮。

月出照兮，佼人燎兮。舒夭绍兮，劳心惨兮。

月出在天光皎皎，美人如花姿容妙。身态窈窕步款款，让我思之添烦恼。

月出在天映洁白，美人姿容好妩媚。身态窈窕落步缓，惹我心神难把持。

月出在天照四野，美人姿容真姣好。身态窈窕步优雅，令我思念心绪闹。

《诗经·国风·曹风·蜉蝣》

蜉蝣之羽，衣裳楚楚。心之忧矣，于我归处。

蜉蝣之翼，采采衣服。心之忧矣，于我归息。

蜉蝣掘阅，麻衣如雪。心之忧矣，于我归说。

蜉蝣振翅空中舞，其物虽小衣楚楚。心中忧虑无可遣，天涯何处是归途？

蜉蝣空中弄羽翼，其身虽小衣华美。叹生苦短唯忧郁，来日穷途何处栖？

蜉蝣柔弱破土出，白色衣衫似雪服。心中感慨千千万，人生何处是归宿？

《诗经·小雅·鹿鸣》

呦呦鹿鸣，食野之苹。我有嘉宾，鼓瑟吹笙。

吹笙鼓簧，承筐是将。人之好我，示我周行。

呦呦鹿鸣，食野之蒿。我有嘉宾，德音孔昭。

视民不恌，君子是则是效。我有旨酒，嘉宾式燕以敖。

呦呦鹿鸣，食野之芩。我有嘉宾，鼓瑟鼓琴。

鼓瑟鼓琴，和乐且湛。我有旨酒，以燕乐嘉宾之心。

鹿儿呦呦鸣，野中食蒿苹。我处有嘉宾，鼓瑟又吹笙。悠悠乐声中，捧筐把礼呈。人心多友善，引我大道行。

鹿儿呦呦鸣，野中食蒿草。我有好宾客，德高又显耀。示民不轻浮，贤人来仿效。我处有美酒，宴客共逍遥。

鹿儿呦呦鸣，野中食黄芩。我处有嘉宾，鼓瑟又弹琴。鼓瑟又弹琴，和乐多欢欣。我处有美酒，以乐宾客心。

《诗经·小雅·常棣》

常棣之华，鄂不韡韡。凡今之人，莫如兄弟。

死丧之威，兄弟孔怀。原隰裒矣，兄弟求矣。

脊令在原，兄弟急难。每有良朋，况也永叹。

兄弟阋于墙，外御其务。每有良朋，烝也无戎。

丧乱既平，既安且宁。虽有兄弟，不如友生。

傧尔笾豆，饮酒之饫。兄弟既具，和乐且孺。

妻子好合，如鼓瑟琴。兄弟既翕，和乐且湛。

宜尔室家，乐尔妻帑。是究是图，亶其然乎？

棠棣花盛开，萼朵皆茂密。天下有情者，莫如亲兄弟。

生死时刻至，关怀是兄弟。抛尸在野地，寻找是兄弟。

鸰飞原野间，兄弟有急难。平日好朋友，遇着唯长叹。

兄弟或不和，在外仍相护。素日好朋友，遇急不多助。

急事已平息，一切有序时。既是亲兄弟，不及友和气。

佳肴入宴席，痛饮但倾杯。兄弟齐欢聚，相亲又相爱。

夫妻恩爱好，琴瑟韵协调。兄弟聚一处，和乐情无数。

打理好家事，妻儿亦欢喜。深思其根本，非为此道理？

《诗经·小雅·采薇》

采薇采薇，薇亦作止。曰归曰归，岁亦莫止。

靡室靡家，狁之故。不遑启居，狁之故。

采薇采薇，薇亦柔止。曰归曰归，心亦忧止。

忧心烈烈，载饥载渴。我戍未定，靡使归聘。

采薇采薇，薇亦刚止。曰归曰归，岁亦阳止。

王事靡盬，不遑启处。忧心孔疚，我行不来！

彼尔维何？维常之华。彼路斯何？君子之车。

戎车既驾，四牡业业。岂敢定居？一月三捷。

驾彼四牡，四牡骙骙。君子所依，小人所腓。

四牡翼翼，象弭鱼服。岂不日戒？狁孔棘！

昔我往矣，杨柳依依。今我来思，雨雪霏霏。

行道迟迟，载渴载饥。我心伤悲，莫知我哀！

田野薇菜采又采，细细嫩芽出土来。一遍一遍说归去，又到年底未能归。可怜无家也无妻，只因边关来御敌。无有空闲可安居，皆因战事无歇止。

田野薇菜采又采，柔柔细叶绕枝舒。一遍一遍说归去，心中忧闷无可除。烦愁多处势如焚，饥渴交加难忍取。戍所未定常辗转，书信无凭难寄去。

田野薇菜采又采，根茎渐老叶渐沉。一遍一遍说归去，又到十月小阳春。战事无止人无定，天涯何处可安身。心中苦痛无人诉，空留归意到如今。

彼处花开是何株？原是棠棣正灼灼。路上行过是何人？乃是边关将帅车。兵车浩浩已驾起，马匹高大威风烈。怎敢安然居一处？一月数战不停歇。

驾起四马大战车，马儿高大又威猛。车中将帅临风坐，车旁掩护有士兵。战马齐整驾娴熟，象牙为饰装备精。怎可一日松警惕，边关战事不曾停。

回念当初远征时，青青杨柳自依依。如今一人独归来，漫天大雪落纷纷。道路泥泞难进退，饥寒交迫又劳累。满怀心事多伤悲，万般哀痛谁人会！

《诗经·小雅·鹤鸣》

鹤鸣于九皋，声闻于野。鱼潜在渊，或在于渚。

乐彼之园，爰有树檀，其下维萚。他山之石，可以为错。

鹤鸣于九皋，声闻于天。鱼在于渚，或潜在渊。

乐彼之园，爰有树檀，其下维榖。他山之石，可以攻玉。

仙鹤啼鸣沼泽间，其声清亮传四边。游鱼时向深渊潜，或来栖影小洲前。几多乐趣在小园，上有佳木黄紫檀，下有灌木生凌乱。他方山上有砺石，可以取来磨玉玷。

仙鹤啼鸣沼泽地，响上云天声彻地。浅滩时有鱼儿浮，又复潜入深潭戏。几多乐趣在小园，檀树高高叶密密，下有楮树矮又细。

他方山上有砺石，可以取来琢玉器。

《诗经·小雅·车舝》

间关车之舝兮，思娈季女逝兮。匪饥匪渴，德音来括。

虽无好友，式燕且喜。

依彼平林，有集维鷮。辰彼硕女，令德来教。式燕且誉，好尔无射。

虽无旨酒，式饮庶几。虽无嘉肴，式食庶几。虽无德与女，式歌且舞。

陟彼高岗，析其柞薪。析其柞薪，其叶湑兮。鲜我觏尔，我心写兮。

高山仰止，景行行止。四牡骓骓，六辔如琴。觏尔新昏，以慰我心。

车儿前行响声彻，美丽少女今出阁。不复饥渴连日夜，有德淑女来会合。虽无好友堪共祝，宴饮双双自喜乐。

长林茂密连平野，上有锦鸡栖枝柯。那位女子身姿美，性情温婉又贤德。相庆宴饮多安乐，爱意绵绵久不绝。

虽无好酒如玉露，浅尝一盏又何如。虽无珍馐可果腹，但食些微也胜无。虽无德行来配你，且自欢歌又载舞。

登到高高山岗上，劈些柞木当柴烧。劈些柞木当柴烧，其叶茂密满枝梢。此时我能遇着你，心中烦恼尽融消。

高山巍峨须仰视，大道平阔可奔驰。驾起马车行不止，缰绳错落如琴丝。今逢新婚乐无比，欣喜满怀多称意。